红色广东丛书

王国梁 著

千里血脉

中央秘密交通线探秘

SPM
南方传媒 广东人民出版社
·广州·

图书在版编目（CIP）数据

千里血脉：中央秘密交通线探秘 / 王国梁著. —广州：广东人民出版社，
2021.12（2022.6重印）

（红色广东丛书）

ISBN 978-7-218-15193-9

Ⅰ．①千… Ⅱ．①王… Ⅲ．①纪实文学—中国—当代 Ⅳ．①I25

中国版本图书馆CIP数据核字（2021）第169117号

QIANLI XUEMAI: ZHONGYANG MIMI JIAOTONGXIAN TANMI

千 里 血 脉 ： 中 央 秘 密 交 通 线 探 秘

王国梁 著

出 版 人：肖风华

责任编辑：王 鹏
特邀编辑：陈岱灵 许 颖
封面设计：李卓琪
责任技编：周星奎 吴彦斌

出版发行 广东人民出版社
地 址：广州市越秀区大沙头四马路10号（邮政编码：510102）
电 话：（020）85716809（总编室）
传 真：（020）85716872
网 址：http://www.gdpph.com
印 刷：广州小明数码快印有限公司
开 本：787毫米×1092毫米 1/16
印 张：14 字 数：200千
版 次：2021年12月第1版
印 次：2022年6月第2次印刷
定 价：45.00元

如发现印装质量问题，影响阅读，请与出版社（020-85716849）联系调换。
售书热线：020-87716172

《红色广东丛书》编委会

总　序

　　百年征程波澜壮阔，百年大党风华正茂。习近平总书记在党史学习教育动员大会上指出："我们党的一百年，是矢志践行初心使命的一百年，是筚路蓝缕奠基立业的一百年，是创造辉煌开辟未来的一百年。"翻开风云激荡的百年党史，一代又一代中国共产党人，用鲜血和生命浸染了党旗国旗的鲜亮红色，书写了可歌可泣的历史篇章，铸就了彪炳史册的丰功伟绩。一百年来，党的红色薪火代代相传，革命精神历久弥坚，红色基因已深深根植于共产党人的血脉之中，成为我们党坚守初心、永葆本色的生命密码。

　　广东是一片红色的热土，不仅是近代民主革命的策源地，也是国内最早传播马克思主义、最早成立共产党早期组织的省份之一。在新民主主义革命的漫长历程中，广东党组织在中共中央的领导下，发动、组织和领导广东人民开展了一系列广泛而深远的革命斗争。1921年，广东党组织成立后，积极开展工人运动、青年运动，并点燃农民运动星火。第一、二、三次全国劳动大会连续在广州召开，全国工人运动的领导机关——中华全国总工会在广州诞生。中国社会主义青年团第一次全国代表大会在广州召开，促进了全国团组织的建立、发展。在"农民运动大王"彭湃领导下，农潮突起海陆丰影响全国。

　　1923 年，中共中央机关一度迁至广州，中国共产党第三次全国代表大会在广州召开，推动形成了第一次国共合作，建立了国民革命联合战线，掀起了大革命的洪流。随后，在共产党人的建议下，黄埔军校在广州创办，周恩来等共产党人为军校的政治工作和政治教育作出了重要贡献，中国共产党也从黄埔军校开始探索从事军事活动。在共产党人的提议下，农民运动讲习所在广州开办，先后由彭湃、阮啸仙、毛泽东等共产党人主持，红色火种迅速播撒全国。1925 年，广州和香港爆发省港大罢工，声援五卅运动，成为大革命高潮时期一个十分引人注目的重要斗争。1926 年，在统一广东革命根据地后，国民革命军在广州誓师北伐，以共产党员为骨干的北伐先锋叶挺独立团所向披靡，铸就了铁军威名。在北伐战争胜利推进的同时，广东共产党组织和党领导的革命队伍迅速扩大和发展，全省工农群众运动也随之进入高潮。

　　1927 年"四一二"反革命政变以后，广东共产党组织在全国较早打响反抗国民党反动派血腥屠杀的枪声，广州起义与南昌起义、秋收起义一起，成为中国共产党独立领导中国革命、创建人民军队的伟大开端。随后，广东党组织积极探索推进工农武装割据，在海陆丰建立第一个县级苏维埃政权，并率先开展土地革命，开启了中国共产党领导人民进行的最重大的社会变革。与此同时，广东中央苏区逐步创建和发展起来，为中国革命的发展作出了不可磨灭的贡献。1931年，连接上海中共中央机关与中央苏区的中央红色交通线开辟，交通线主干道穿越汕头、大埔，成功转移了一大批党的重要领导，传送了重要文件和物资，成为土地革命战争时期党的红色血脉。1934年，中央红军开始了举世瞩目的长征，广东是中央红军从中央苏区腹地实施战略转移后进入的第一个省份，中央红军在粤北转战21天，打开了继续前进的通道，成功走向最后的胜利。留守红军在赣粤边、闽粤边和琼崖地区进行了艰苦卓绝的游击战争，高举红旗永不倒。

　　抗战全面爆发后，中共中央和中共中央长江局、南方局十分重视和加强对广东党组织的领导，选派了张文彬等大批干部到广东工作。日军侵入广东以后，广东党组织奋起领导广东人民开展敌后抗日游击战争，成立了东江纵队、琼崖纵队、珠江纵队、广东人民抗日解放军、南路人民抗日解放军和韩江纵队等抗日武装，转战南粤辽阔大地，战斗足迹遍及70多个县市。华南敌后战场成为全国三大敌后抗日战场之一，党领导的广东人民抗日武装被誉为华南抗战的中流砥柱。香港沦陷以后，在中共中央的领导和周恩来等人的精心策划安排下，广东党组织冲破日军控制封锁，成功开展文化名人秘密大营救，将800多名被困香港的文化名人、爱国民主人士及家眷、国际友人等平安护送到大后方，书写了抗战史上的光辉一页。

　　解放战争时期，在中共中央的领导下，华南地区大力开展武装斗争，开辟出以广东为中心的七大块游击根据地，成立了中国人民解放军琼崖纵队、粤赣湘边纵队、闽粤赣边纵队、桂滇黔边纵队、粤中纵队、粤桂边纵队和粤桂湘边纵队等人民武装，其中仅广东武装部队就达到8万多人，相继解放了广东大部分农村，在全省1/3地区建立起人民政权，为广东和华南的解放创造了有利条件。在广东党组织的配合下，人民解放军南下大军发起解放广东之役，胜利的旗帜很快插遍祖国南疆。

革命烽火路，红星照南粤。广东见证了中国共产党从新生到大革命、土地革命，再到抗日战争、解放战争等革命斗争全过程。其间，毛泽东、周恩来、刘少奇、朱德、邓小平、叶剑英、彭德怀、刘伯承、贺龙、陈毅、聂荣臻、徐向前、李富春、粟裕、陈赓等老一辈革命家和李大钊、蔡和森、瞿秋白、陈延年、彭湃、叶挺、杨殷、邓发、张太雷、苏兆征、杨匏安、罗登贤、邓中夏、恽代英、萧楚女、阮啸仙、张文彬、左权、刘志丹、赵尚志等一大批革命先烈都在广东战斗过，千千万万广东优秀儿女也在革命斗争中抛头颅、洒热血，留下了光照千秋的革命历史和革命精神。广东这片红色热土，老区苏区遍布全省，大大小小的革命遗址分布各地，留下了宝贵而丰厚的红色文化历史遗产。

习近平总书记强调，中国革命历史是最好的营养剂。重温这部伟大历史能够受到党的初心使命、性质宗旨、理想信念的生动教育，必须铭记光辉历史、传承红色基因。我们有责任把党领导广东人民进行革命斗争的光辉历史和伟大功绩研究深、挖掘透、展示好，全面呈现广东红色文化历史，更好地以史铸魂、教育后人，让全省人民在缅怀英烈、铭记历史中汲取砥砺奋进的强大力量，让人们深刻认识红色政权来之不易，新中国来之不易，中国特色社会主义来之不易，确保红色江山的旗帜永远高高飘扬。

为充分挖掘广东红色文化资源的丰富内涵，我们组织省内党史、党校、社科、高校等专家学者，集智聚力分批次编写《红色广东丛书》。丛书按照点面结合、时空结合、雅俗结合原则，分为总论、人物、事件、地区、教育五个版块。总论版块图书，主要综述中国共产党在广东的革命斗争历史概况，人物版块图书主要讴歌广东红色人物，事件版块图书主要论说党领导广东人民开展革命斗争的历史事件，地区版块图书从地市和历史专题角度梳理广东地域红色文化，教育版块图书着力打造面向青少年及党员的红色主题教材。丛书以相关的文物、文献、档案、史料为依据，对近些年来广东红色文化资源研究成果做了一次全面系统梳理，我们希望这套丛书能为党史学习教育、革命传统教育、爱国主义教育提供重要内容支撑。

一切向前走，都不能忘记走过的路，走得再远、走到再光辉的未来，也不能忘记走过的过去，不能忘记为什么出发。站在"两个一百年"的历史交汇点上，我们要更加坚定自觉地学史明理、学史增信、学史崇德、学史力行，赓续红色血脉，传承红色基因，以一往无前的奋斗姿态、风雨无阻的精神状态，推动广东在全面建设社会主义现代化国家新征程中走在全国前列、创造新的辉煌。

《红色广东丛书》编委会

2021 年 6 月

CONTENTS **目　录**

引　言

　　一张发黄的旧地图缓缓铺开，里面那些密密麻麻的线条很像人的血脉。它们标志着什么呢？

　　它们就是从上海的中共中央通达中央苏区，由毛泽东、周恩来等中共中央和中央苏区领导人亲手创立起来的"红色交通线"。

　　从1930年10月开始至1934年10月中央红军长征止，这条交通线为传递两地情报，加强党中央和中央苏区的联系；护送党的300多名领导干部安全到达中央苏区；保护中共中央机关安全地大转移；打破敌人的经济封锁，输送一大批白银、黄金和药品、电器材等紧缺物资起了巨大的作用，为中国革命的胜利做出了重大的贡献！

　　如今，这条交通线上的大海依然是波涛汹涌、船樯穿梭，而当年上海滩的幽深小巷，香港、汕头埠的湿漉漉的码头，潮安、饶平、大埔、永定高山上的曲径现在都已变样了。战斗在这条秘密战线上的交通员们，有的壮烈牺牲，有的随着时间的流逝已经老去。然而，他们的历史功绩和精神是永存的！

第一章　决策千里

一、一年一度秋风劲

闽西的秋天，风景这边独好。

1929 年 10 月，上杭的临江楼畔，重阳时节黄菊遍野。清晨江风阵阵，幽香扑面。毛泽东正沿江边缓缓踱步，口中轻轻翕动，思考吟诵着什么，右手的纸烟已燃了半截。蓦地，只见他左手一挥说"好了"，朗声吟道：

人生易老天难老，岁岁重阳。今又重阳，战地黄花分外香。
一年一度秋风劲，不似春光。胜似春光，寥廓江天万里霜。

"一年一度秋风劲！好词好词，好一阕《采桑子》啊！"毛泽东忽然听到身后传来喝彩声。转头一瞧，是红四军军长朱德。

"润之哟，你就是好文采，我辈叹服啊！"

毛泽东一见朱德，欣喜道："玉阶兄，胡诌几句而已。军部情况怎样？"

"自从你离开部队去养病，陈毅同志又上中央汇报，我一人挑这担子太沉重了。你再不回来主持工作，我怕要累垮了。"

"嘿嘿，你这当年的体育教练，身体棒极了，不会垮的。"毛泽东调侃道。

"润之啊，"朱德跨上一步，和毛泽东并排着走，推心置腹道，"说真的，我俩自从井冈山会师后，携手并肩，仅仅一年多就置下了井冈山根据

上杭临江楼

地这个家当，接着又转战赣南、闽西，开辟了闽西赣南的新天地。两年多的血雨腥风，让我们'朱毛'形成不可分割的一个整体……"

"是呀，是呀，"毛泽东接嘴道，"没有朱哪有毛？因我们联手，同心同德才能创下这支红军队伍，才能拿下这片红色地盘。但是家里的碗筷，难免碰碰撞撞，我老毛和你老朱，军事决策上有一些不同意见、日常有一些争论，有何奇怪呢？"

朱德感激地瞧了毛泽东一眼："润之胸怀豁达，肚量大；我朱德也是直性子，我们有什么不能谈拢的？就是那个刘安恭，他一来，就让事情复杂化了！"

毛泽东愤慨道："是呀，这苏联来的刘安恭一到就要权，不甘寂寞。再加陈毅要我做'八面美人，四方讨好'，我办不到！"①

朱德轻叹了一声："看看陈毅到上海汇报，中央有什么指示吧。你应回来主持前委，不然不行啊！"

---

① 陈丹淮：《红军时期：陈毅与毛泽东的友谊（上篇）》，《光明日报》，1992年5月30日。

毛泽东坚决道："红四军党内是非不解决，我不能随便回去，再者，目前身体还真的不行呐。"

朱德爱怜地拉住毛泽东的手，望着他苍白的脸，道："润之呀，留得青山在，不愁没柴烧。你先把身体养好。这边的队伍，我尽力带好就是了。你放心吧！"

"玉阶兄，"毛泽东握住朱德温厚的大手，动情道，"真是辛苦你了！"

从湖南韶山冲山沟里走出来的毛泽东，早有凌霄之志，起初仍是"书生意气，挥斥方遒"。

1918年刚从湖南一师毕业的毛泽东，就曾偕同学蔡和森、张昆弟等人，寄居岳麓书院半学斋湖南大学筹备处，踏遍岳麓各乡村，想建一个半工半读的"新村"。当时，毛泽东还设想过这样的蓝图：创建新学校，实行新教育，让学生们在农村半工半读，再由这些新学生创建新的家庭，把若干新家庭合在一起，就可创造一个新社会；在这个新社会里，设立公共育儿院、公共蒙养院、公共学校、公共图书馆、公共银行、公共农场、公共工厂、公共戏院、公共病院、公园、博物馆等，以后，把这些一个个的新社会连成一片，国家便可以逐渐地从根本上改造成一个大的理想"新村"。他在反映"新村"计划的《学生之工作》这篇文章中写道："今不敢言'模范国''模范都''模范地方'，若'模范村'则诚陈义不高、简而易行者矣。"①

然而，毛泽东这个建设"新村"的梦想却被现实中驱逐张敬尧的斗争打断了。接下来，他成为中共一大代表之一，还在国共合作中成为国民党中央宣传部代部长。他积极推进工农运动、推进国共合作，但又在蒋介石的霍霍磨刀声和同志的浓烈血腥味中觉醒了。他第一个提出"枪杆子里面出政权"。

毛泽东在八七会议上激动地说：

---

① 中共中央文献研究室编：《毛泽东传》，中央文献出版社1996年版，第52—53页。

以前我们骂（孙）中山老做军事运动，我们恰恰相反，不做军事运动老做民众运动。蒋唐都是拿杆子起（家）的，我们独不管。现在虽已注意，但仍无坚决的概念。比如秋收暴动非军事不可，此次会议应重视此问题，新政治局的常委要更加坚强起来注意此问题。湖南这次失败，可说完全由于书生主观的错误。以后要非常注意军事，须知政权是由枪杆子中取得的。①

在八七会议上毛泽东被选为政治局候补委员。中央留他在中央工作他不肯，说是要去搞"土匪工作"，结果秋收起义队伍没有攻打长沙而上了井冈山。共产国际代表罗明那兹提议开除他政治局候补委员、中共中央委员的职务，瞿秋白照办。消息被湘南特委周鲁带上井冈山时变样了，变成"开除党籍"。毛泽东很长时间连组织生活都不能参加。

因误传而被"开除党籍"的毛泽东更紧紧抓住枪杆子，他在罗霄山立足，建立了井冈山革命根据地。

1928年春天，朱德、陈毅冒着毛毛细雨率领南昌起义的部队和湘南暴动的农军数千人，来到井冈山与毛泽东会师。中国历史上我党我军的"朱毛会师"，创造了中国革命的新纪元。

毛泽东、朱德两支起义部队在井冈山会师后，因部队不断壮大，毛泽东感到井冈山太小了，特别是部队给养成问题。于是他们决定把队伍拉到赣南那边去。那里是闽粤赣边界，虽是高山峻岭，却也有辽阔的小平原，算是鱼米之乡，回旋余地大，于是毛泽东就让新来的彭德怀部队代他留守井冈山这块根据地。毛泽东、朱德带着他们的部队开赴赣南，不久又开辟了闽西根据地，开始形成了中央革命根据地。

这时，中共中央派来了刘安恭。

刘安恭，早年在德国留学，南昌起义后到苏联学军事，1929年年初回

---

① 中共中央文献研究室编：《毛泽东传》，中央文献出版社1996年版，第139页。

国后被派到中央苏区。由于他是中央派来的，又喝过苏联的"洋墨水"，前委就任命他为红四军政治部主任。后来，红四军再次入闽，于5月23日一举攻克龙岩城。由于地方工作一度繁忙，前委就决定成立临时军委，并决定刘安恭任临时军委书记。

那时红四军的政治、军事决策权都在毛泽东任书记的前委。刘安恭不安于这个有职无权的"临时军委书记"，便向前委要权，指责前委"管得太多""权力太集中""办了下级党部的工作"，甚至指责前委是"书记专政"，有"家长制"的倾向。

前委便于6月8日在白砂召开了前委扩大会议，讨论了成立正式军委的意见，以及相反的意见——目前不要设立军委一级党部、临时军委应撤销。表决时，41人参会，以36票对5票的压倒多数通过了取消临时军委的决定。这样，刘安恭担任的临时军委书记一职自然免去。政治部主任一职由陈毅接替。同时，前委扩大会议决定召开中国共产党红军第四军第七次代表大会。

6月22日，大会在龙岩城一所中学内召开。据大会的参加者傅柏翠、江华、萧克等回忆，会场空气紧张热烈，有什么意见都可以讲。代表们对毛泽东、朱德等几位领导人提出很多意见，有些意见是中肯的，但有些意见偏激夸大。最后，改选前委，陈毅当选为前委书记。

大会决议规定：改选结果的这个决定"须呈报中央批准"，在批准前可以开始工作。

会后，毛泽东经前委同意暂时离开部队，到闽西地区养病并作调查研究，指导闽西工作。毛泽东于7月8日与贺子珍、黄琳、蔡协民、曾志等同往中共闽西特委所在地蛟洋。

不久，接中央来信，要红四军派人到上海参加中央政治局召开的军事会议，汇报红四军情况。前委决定由陈毅前往。

8月上旬，陈毅在中共闽西特委书记邓子恢陪同下，经上杭、龙岩到厦门，再转上海。

陈毅到上海后，很快同中共中央机关接上头，并向中央政治局常委李立三报告了红四军第七次代表大会情况。这位和陈毅一起在法国勤工俭学、一起开展学生运动被法国当局遣送回国的老同学听完，便表示会尽快向政治局报告，并要陈毅尽快写好上报的书面材料。

9月1日，陈毅写完了李立三代表中央要求的《关于朱德、毛泽东的历史及其状况的报告》《关于朱、毛争论问题的报告》等5个报告。鉴于红四军的经验和问题极为重要，政治局决定由李立三、周恩来、陈毅3人组成委员会深入讨论审议，提出决议到政治局通过。三人委员会由中共中央常委、军委书记周恩来召集。

从8月底起，李立三、周恩来便一次次到陈毅驻地英租界四马路新旅馆研究讨论，形成了中共中央的"九月来信"。

"九月来信"十分严峻地指出红四军"七大"及前委扩大会处置的缺点和危害，并决定"毛同志应仍为前委书记"，调刘安恭回中央另行安排工作。

"毛同志应仍为前委书记"这句话是陈毅起草"九月来信"时加上去的。此时刚刚28岁的陈毅，经过从中央苏区至上海一路的冷静思考和周恩来的帮助，清醒地认识到中央红军、中央革命根据地非毛泽东不可，非朱、毛联手领导不可。从此处，也可看出陈毅作为一个无产阶级革命家的无私无畏、赤胆忠心。

陈毅于1929年10月1日离开上海，4日到香港，6日到汕头，11日到达中共东江特委所在地的八乡山。

陈毅见八乡山上到处红旗招展，上千名红军战士意气风发，精神饱满，甚喜。他对陪在身边的东江工农红军总指挥古大存赞道："老古，你们了不得呀，在这山旮旯里也弄出大名堂来。"古大存谦逊道："多谢陈书记夸奖！我们大南山那边也搞得很红火，和海陆丰连成一片呢。"陈毅连声说："好好，那里革命基础好！"

在八乡山休息一天后，陈毅继续北行，走梅县南部山区，经过梅县，一路了解敌军兵力分布。当他意外地在梅县到蕉岭的路上与正向南开进的红四军第一纵队相遇时，才知军部现在在松源。陈毅立即赶去松源与朱德见面。到松源后，陈毅即派人把"九月来信"送给在蛟洋的毛泽东，并附上一封信，请毛泽东回红四军前委主持工作。①

这时，毛泽东已随中共闽西特委机关撤出上杭县城，转到苏家坡，又休养了一个多月。

此间，他转到闽西著名的永定金丰大山，住在只有十多户人家的牛牯扑一个竹寮里。同行的有蔡协民、曾志等人。

毛泽东对曾志说："曾志，看起来我这人命大，总算过了这道'鬼门关'。"

然而，毛泽东这次的大病，却被国民党造谣说他已死于肺结核。共产国际在莫斯科也听到毛泽东病故的误传，第二年年初在《国际新闻通讯》上发了1000多字的讣告称：

　　据中国消息：中国共产党的奠基者，中国游击队的创立者和中国红军的缔造者之一的毛泽东同志，因长期患肺结核而在福建前线逝世。……这是中国共产党、中国红军和中国革命事业的重大损失。……毛泽东同志被称之为朱毛红军的政治领袖。他在其领导的范围内完成了共产国际六大和中共六大的决议。

　　作为国际社会的一名布尔什维克，作为中国共产党的坚强战士，毛泽东同志完成了他的历史使命。

这个"讣告"，虽因传闻失实而来，但它透露出一个不容忽视的事实：毛泽东在中国革命和中国共产党中的重要地位，不仅为国内而且也已为共产国际所承认。②

毛泽东接到陈毅转来的中共中央"九月来信"和陈毅的亲笔信，仔

---

① 《陈毅传》编写组：《陈毅传》，当代中国出版社2015年版，第65页。
② 中共中央文献研究室编：《毛泽东传》，中央文献出版社1996年版，第205页。

细披阅，双眉紧锁，深思良久，便轻叹一声："唉，党的利益高于一切啊！"

毛泽东随着迎接他的部队一路颠簸回到长汀。

这时，朱德、陈毅等正在辛耕别墅翘首以待，见毛泽东风尘仆仆走进来，他们迅步迎上去。

辛耕别墅旧址

朱德扶住毛泽东瘦削的双肩，欣喜道："润之啊，我就知道你会来的，哪有扔下自家兄弟不管呢！"他仔细瞧着毛泽东脸庞，连声赞道："脸色好多了，有血色了，好！好！"

陈毅握住毛泽东微凉的双手："毛委员，你终于回来了！你不来，我心悬在半空呢。'七大'是我犯了一次严重错误，我应该检讨。"①

"哈哈，"毛泽东纵声大笑道，"我毛泽东的脾气也不好，也好钻牛角尖呀。在'八大'（红四军八大，笔者注）时，玉阶兄好心邀我，我因身体不好，情绪不佳，写了一些伤感情的话，我也要检讨啊！"②

朱德马上接嘴道："都是自家人，家内事说破就好。大家都盼望你回来主事，你不回来，全军政治上失掉了领导的中心。这是众望所归啊！"③

毛泽东朝着陈毅认真地问道："你往中央汇报工作，除信上说的，其他情况如何？"

陈毅思索片刻，答道："其实，中央的主要意见都在信中，主要是三

①　《陈毅传》编写组：《陈毅传》，当代中国出版社2015年版，第65页。
②　中共中央文献研究室编：《毛泽东传》，中央文献出版社1996年版，第207页。
③　中共中央文献研究室编：《朱德传》，中央文献出版社2000年版，第231页。

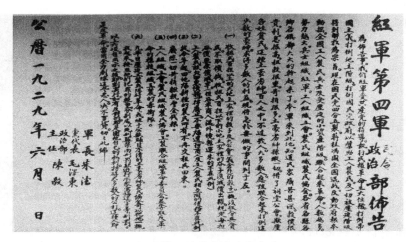

红军第四军司令政治部布告

点。一是中央肯定红四军建立以来的成绩和经验，指出'从你们过去的艰苦经验中就可以证明，先有农村红军，后有城市政权，这是中国革命的特征，这是中国经济基础的产物'。中央指明党的一切权力集中于前委指导机关，这是正确的，绝不能动摇，不能机械地引用'家长制'这个名词来削弱指导机关的权力，来做极端民主化的掩护。"

毛泽东听到这儿，满意地点点头。

陈毅接着说："第二点，中央对红四军党的'七大'及前委扩大会处置的缺点提出批评，指出前委对于朱毛两同志问题，没有引导群众注意对外斗争，自己不提办法，而交下级自由讨论，客观助长了极端民主化的发展。这主要是我这主持人的责任，缺乏统揽全局的经验，中央已严厉批评了我……"

毛泽东、朱德两人马上道："我俩也有不是之处呀！"

陈毅继续说道："中央也作了自我批评，对'二月来信'，要让我们红军分散小组行动，调朱德、毛泽东同志上中央的决定也认为是错误的，是他们对我们形势的迅猛发展不了解，深感这是交通不畅、消息闭塞所造成的。因此，中央决定还是让毛泽东、朱德同志仍留在这里，继续领导红军队伍了。"

朱德听后哈哈大笑道："润之，还是你的见解精辟，我老朱、老毛就是爬山越岭、钻茅草荆棘的命嘛。"

陈毅接着又道："最后一点，是中央决定由毛泽东同志任前委书记，并需由红军全体同志了解而接受。"

毛泽东听了陈毅详细的口头陈述，沉思一下，便沉痛地道："革命的道路是曲折的，我们前段为何闹出这不愉快的局面，当然有主、客观原因。主观原因是我们队伍的素质低，我们的干部战士大部分来自农村或旧军队。他们原来文化水平不高，对革命道路缺乏理解，非无产阶级思想作怪；客观原因是我们地处深山野岭，远隔上海中央机关数千里，我们的前线情况瞬间万变，中央未能及时了解，作出一些错误的指示，甚至在重要决策上产生错误，造成我们这边被动的局面。比如中共六大会议精神传达的国际代表布哈林在中共六大上提出分散红军的主张，他不知道中国的条件，中央又盲目听从他。现在是长期混战的局面，红军应采取集中游击的策略，集中容易发动群众，分散容易被敌人吃掉……"①

毛泽东说到这儿，又点燃了一根纸烟，深深吸了一口："共产国际、中共中央为什么会作出解散红军队伍的决定？为什么会作出调我和军长离开红军到中央的决定？为什么'二月来信'到四月才到？为什么我们提出我俩不能离开红军的意见，从四月发出到十月中央才明确回复？为什么我们三年来未接到中央出版的任何红色书刊？关键就是中共中央和中央苏区的交通闭塞，信息不灵，给红军的政治营养贫乏，贻误战机！交通真可比人体的血脉，是生命线啊！"

经过一番讨论，大家一致认为要尽快设立一条从中央苏区到上海中共中央的秘密交通线。在中央苏区方面，可以先物色一名合格人选，专程踏探一条便捷的线路，做出一个可行的方案，经研究后向中央汇报。

此时，中共中央也提出"必须与闽西红军、朱毛红军共同设立一独立

---

① 中共中央文献研究室编：《毛泽东传》，中央文献出版社1996年版，第204—207页。

的交通网"。① 开辟红色秘密交通线已迫在眉睫。

二、毛泽东派卢肇西赴上海

在上海当年喧闹的市区，今天高楼林立，只有那临街白色房子留下当年十里洋场的余韵。

1930年春的一天，一位老板模样的人，在地下交通员的引领下，走进了上海同孚路柏德里700号，求见中共中央政治局常委、军委书记周恩来。他向周恩来报告说，他是闽西红二十军纵队司令卢肇西，是红军第四军前委书记毛泽东、军长朱德派他来的，有重要事情要汇报。

"重要事情？"周恩来疑惑地瞧着从中央苏区硝烟中走来的闽西红二十军纵队司令。卢肇西擦擦额头密密匝匝的汗珠，急忙从怀里掏出一张字条。周恩来展开一瞧，只见这张字条是空白的。他马上让秘书用药水化解出来，里面便浮现出毛泽东那神采飞扬的毛体字"建立一条从上海直达中央苏区的秘密交通线"。

建立一条从上海直达中央苏区的秘密交通线？是啊，党内交通是党开展政治斗争和武装斗争的工具，是党的生命线。党的八七会议就前瞻性地决定建立全国秘密交通网！

八七会议后不久，党便建立了通达各省的交通，各省委建立了通达各县的交通。中共中央并于所在地建立交通处，

中共中央军委机关旧址

① 中共中央文献研究室、中央档案馆编：《建党以来重要文献选编（1921—1949）》第6册，中国文献出版社2011年版，第696页。

管理全国交通组织，为交通的总枢纽。

1928 年年底，中央调湖北省委常委、军委书记吴德峰任中央秘书处外埠交通科科长（先任军委交通科科长），负责与共产国际和全国各红色根据地的交通联络。

根据吴德峰保留下来的日记记载，吴德峰上任后，带领交通员长途奔波，完成各项艰险的交通任务。据中央秘书处 1929 年的统计，一年内由中央秘书处一家送往各地文件就有 5523 件，各省经交通员送达中央文件达 4687 件（中央和各地出版的报刊的传送量尚未统计在内），另还肩负着给共产国际传递文件的任务。其中，吴德峰担任外交科工作后仅 7 个月，通过外交科送给共产国际的中共中央文件就达 570 余件。①

但一直困惑周恩来的是中央苏区和上海党中央的交通问题。因这时候还没电台，只能靠人力的交通，从上海到中央苏区，必须坐船到香港或汕头，沿途 1000 多公里，往往一封信送达要数月。而中央苏区在前线，形势转瞬即变，中央的指示往往不能准确地指导中央苏区的工作。

就拿中央"二月来信"来说，这封信是 1929 年 2 月 7 日中央发出的指令，历经近 2 个月的艰难险阻，方送到红四军前委书记毛泽东手中。信中说：

你们应有计划有关联地将红军的武装力量分成小部队的组织，散入湘赣边境各乡村中进行和深入土地革命……中央依据于目前的形势，决定朱毛两同志有离开部队来中央的需要……一方（面）朱毛两同志离开部队，不仅不会有更大的损失，且更便利于部队分编计划的进行，因为朱毛两同志留在部队中目标既大，徒惹敌人更多的注意，分编更多不便；一方（面）朱毛两同志来中央后，更可将一年来万余武装群众斗争的宝贵经验供［贡］

---

① 中共湖北省委党史研究室：《吴德峰传》，中共党史出版社 2018 年版，第 42 页。

献到全国以至整个革命。①

但是，因这封信送达时已过了 2 个月时间，中央苏区形势已变化很大。半年来，红军挺进赣南、闽西，打了几个大胜仗，打土豪分田地，红军队伍已发展壮大，根据地也不断扩大。根据地离不开朱毛，朱毛离不开根据地。朱毛离开根据地，中央苏区的后果可想而知。于是毛泽东写了一封亲笔信，前委所有成员签字，派交通员火速送达上海党中央。周恩来收到毛泽东的亲笔信后，马上改变了主意。中央随即召集了常委会议，作出让朱德、毛泽东继续留在中央苏区的决定，待陈毅汇报工作后一并带达。

从这件事中，周恩来深深感到，对中央苏区的情况过去了解太少了。随着红四军形势的发展，赣南、闽西红色根据地的不断扩大，真的必须建立一条能够传递情报、输送物资、护送干部往来的快捷的、畅通无阻的中央和中央苏区联络的地下交通线！

卢肇西喝了淡淡的茶水，喘息一下，接着说："周书记，我根据毛泽东书记的指示，经过这 1 个多月的沿途考察，把对建立这条秘密交通线的初步设想向您和中央汇报吧。沿途这条交通线 1000 多公里，从上海坐船到香港或汕头，然后坐汕头到潮州的小火车。从潮州上大埔有轮船、小木舟，上船有检查。然后，就是陆路，主要关卡是大埔青溪的国民党封锁线，是白区与赤区的交界处。由青溪到闽西、瑞金是几百里的山路。敌人在那里布有正规军 1 个团的人马以及地方民团，在一些主要路口设有岗哨，并在周围筑有碉堡，盘查较严格。过了封锁线要走一段崎岖的山路，然后就能进入闽西永定境

卢肇西

---

① 中共中央文献研究室、中央档案馆编：《建党以来重要文献选编（1921—1949）》第 6 册，中国文献出版社 2011 年版，第 37—38 页。

内了。"

周恩来对赣南、闽西情况不甚了解，但他对广东境内尤其是粤东情况可说是了如指掌的。国共第一次合作时他是广东东江各属行政委员，在那里任职8个月之久，对那里的山山水水是熟悉的。而且近两年来，中央交通处在广东、福建布置的交通点，他作为主管的中央领导，也是心中有数的。

所以，他对卢肇西的汇报，深感言之有理。他肯定卢肇西是认真细致的，他的方案是可行的。但是，此时中央已决定周恩来往莫斯科共产国际汇报工作，行色匆匆，要把这重要的事情提交中共中央政治局常委讨论，还需他做个别的解释说服工作。于是，作为中共中央军委书记的周恩来，果断地召集军委会议，作出决定：筹建中央军委交通总站，让吴德峰负责，先行作出建立上海至中央苏区交通线的前期准备，他从莫斯科回来时再提请中央研究建立一条从上海到中央苏区的秘密交通线问题。

三、周恩来布置在香港设立秘密电台

卢肇西告别了周恩来，旋即回中央苏区向毛泽东和朱德汇报情况。

周恩来马上要往莫斯科去，但他对上海和中央苏区交通的不便、老是

香港电台旧址

贻误战机甚是牵挂，又找了吴德峰要他抓紧香港南方局电台的建设，从速缓解上海同中央苏区交通的燃眉之急。

吴德峰接到周恩来的指示后，马上加快香港电台的建设。早在这一年年初，周恩来已布置吴德峰派了在上海为我党制造第一部电台的李强、曾在苏联伯力"共产国际远东局"学习无线电的中共党员黄尚英和懂得技术的朝鲜籍同志邱德前往香港，在九龙弥尔道租了一栋房子，采购齐电台配件；电台组装成功后，很快便与设在上海慕尔鸣路的中共中央电台接上了信号。由于香港有许多商用电台频繁活动，中共中央利用这一特殊情况，建立了与中共中央南方局、广东省委的电信联络，特别是把中央发给中央苏区的指示由电台翻译后，由香港地下交通站转送到中央苏区。这一过程一般需要 10 天，比过去从上海到香港的航运快了 1 个多月。

电台开设后，马上发挥了它的威力。1930 年 10 月下旬，中共中央通过电台，将一份十万火急的军事情报传到红一方面军前委。电报称：

红一方面军前委注意：国民党南京政府任命赣省主席、第九路军总指挥鲁涤平为总司令，湘省政府主席何键为副司令，第十八师师长张辉瓒为前敌总指挥，率 7 师 10 万之众向你们反击，以分兵合击的战术实行"围剿"。[1]

红一方面军前委接到这一重要电报后，马上制定反"围剿"战略方针，采取诱敌深入的策略，经过全军浴血奋战，取得了第一次反"围剿"的重大胜利。

周恩来则于 1930 年 3 月离开上海，秘密前往莫斯科。

---

[1] 李元健、柯兆星：《苏维埃血脉——上海至中央苏区秘密交通线纪实》，中国文史出版社 2010 年版，第 17 页。

第二章　领导者周恩来

一、莫斯科神秘之旅

1928 年 5 月，当轮船停靠大连码头，周恩来正准备上岸时，忽然来了几名日本水上警察。

他们盯住周恩来，为首的问："你是干什么的？"

周恩来答："我是卖古董的。"

警察又瞪着周恩来座位上的报纸，问："做生意为什么买那么多报纸？"

周恩来答："无聊，看看而已。"

警察问："到哪里？"

周恩来答："到吉林。"

警察问："到东北来干什么？"

周恩来答："来看舅舅的。"

警察挥挥手："跟我们到水上警察厅一下！"

周恩来起身要走，邓颖超挽住他，要跟他同往。周恩来急道："你不要去，去干什么？回旅馆去！"

说完，周恩来就随警察到水上警察厅。在那里，警察摊开笔录本，仔细地盘问，要周恩来报了出生年月、学历、职业等。

警察又问："你舅舅姓什么？叫什么？干什么的？"

周恩来答："姓周，叫曼青。在省财政厅任科员。"

警察眼睛一瞪："奇怪了，你姓王，你舅舅却姓周！"

周恩来哈哈大笑道："我们中国人对舅舅、叔叔的称呼是有区别的，姓氏是不一致的。不像外国人，舅舅、叔叔都叫 uncle。因此我舅舅姓周，我则姓王。"

警察板着脸孔，紧追不舍："我可觉得你不像做生意的，却像是当兵的。手伸出来！"

周恩来若无其事地把手伸过去。

警察瞧了瞧，用手摸了摸，觉得手上没硬茧。这时，警察打开抽屉，从里面拿了一张卡片，用手点了点里面的照片道："你是周恩来！"

周恩来一听，大吃一惊，眼睛一扫，见卡片的照片是他在黄埔军校拍的。便沉着道："误会了，周恩来是谁，我没听说过。我是做生意的！天下相似的人很多，哪有长得有点相似你们就抓。真怪！"

警察找不到实据，只得把他放了。

周恩来回到旅社，低声对担心得坐立不安的邓颖超说："我们去接头的证件在哪里？立即烧毁。"

邓颖超迅速找出了那些证件到卫生间销毁了。

周恩来和邓颖超当天下午离开大连，坐火车到长春，然后转往吉林看望了他的伯父。

周恩来幼年过继给叔父，生父长年在外做工，生母、养母早逝。他12岁时就随伯父周贻赓到奉天府读书，伯父视他为己出，一直供他读书；且调天津时又带他同往，供他读南开大学，并送日本留学。他回国后，一直未能前来探望伯父，这次，带着邓颖超路过吉林，非拜候伯父不可！

到长春后，似乎没人跟踪了。住进旅馆后，周恩来立即换上长袍马褂，把胡子刮掉，又乘车去吉林，看望了多年不见的伯父。

…………

回想起上次赴莫斯科的惊险遭遇，周恩来真庆幸这次行程一路顺风。但是，能否说动斯大林接受中共中央的意见呢？周恩来双眉微蹙，长久

莫斯科

凝思。

路途劳顿，周恩来洗了个热水澡。在宁静的莫斯科郊外，他睡了一个好觉。

一觉醒来，他望向窗外。夜，窗外万籁俱寂，偶尔传来小蝉在梦中吟出的呓语。他再也难以入眠，思绪让他飞回到难以忘怀的不凡岁月。

…………

周恩来从小具有救国救民之志，曾手书"面壁十年图破壁，难酬蹈海亦英雄"这样的豪迈诗句。

四一二反革命政变发生前不久，中共中央在武汉召开的中央局会议通过了《中央关于沪区工作的决议案》，派李立三、陈延年和共产国际东方部派驻中国的代表维经斯基到上海督促执行；并决定由他们三人加周恩来、赵世炎组成特务委员会。

中共中央要求周恩来和李立三于 1927 年 4 月 25 日前从上海赶回汉口参加党的第五次全国代表大会，留下陈延年代理周恩来的上海区委书记。但周恩来因为上海工人纠察队的善后问题还需要处理，没有立即成行。

周恩来到武汉已是 5 月下旬。因张国焘往河南去，29 日，常委会决定，周恩来代替张国焘的中央常委职务，参加中共中央的核心领导。这段时间，常委们几乎每天要举行一次会议，处理各项紧急事务。6 月 3 日，增选瞿秋白为常委，4 日起，中央常委会由陈独秀、瞿秋白、周恩来、蔡和森 4 人轮流值日。这种状况一直继续到 6 月下旬。

除了中央常委的事情外，周恩来还直接负责中央的军事工作。进入 6 月，局势更加紧急了。6 日，朱培德在江西宣布"礼送"共产党员出境。13 日，汪精卫同冯玉祥会谈后从郑州回武汉，宣布唐生智主力全部从河南回师武汉。20 日，冯玉祥同蒋介石在徐州会谈后，公开转向右，要求驱逐共产党员出国民党。这时，国共两党合作的全面破裂已如箭在弦，到了很快就要摊牌的最后时刻。

7 月 12 日，中共中央根据共产国际的指示进行改组，成立了临时中央常务委员会，陈独秀离开领导岗位，临时常委会由张国焘、周恩来、李维汉、张太雷、李立三 5 人组成。7 月 13 日，中共中央发表了《中国共产党中央委员会对政治局宣言》，宣布撤回参加国民政府的共产党人。7 月 15 日，武汉国民政府召开分共会议，公布《统一本党政策案》，正式宣布同共产党分裂，公开叛变革命。轰轰烈烈的大革命失败了。

在这种紧急形势下，中共中央断然做出由周恩来等领导南昌起义的决定。

聂荣臻在他的《回忆录》中写道：

举行南昌起义，是七月中旬中央在武汉开会决定的。我没有参加那次会议。那天晚上，周恩来同志在会后到了军委，向在军委工作的几个同志进行传达。他传达的大意是，国共分裂了，我们没有别的办法，只能起义。今天，中央组织前敌委员会，指定他为书记。他传达后，就指定贺昌、颜昌颐和我，组成前敌军委，我为书记。任务是先到九江去，通知我们的同志，叫他们了解中央的意图，做好起义的准备。但什么时候发难，要听中央的命令。①

---

① 聂荣臻：《聂荣臻回忆录》上卷，战士出版社 1983 年版，第 60 页。

7月24日，周恩来和罗明那兹、加伦、张国焘在武汉举行会议，会议决定在南昌举行起义。

26日，周恩来在陈赓陪同下赶到九江。27日入住南昌，住在朱德寓所。

8月1日凌晨，一声枪响划破长夜的寂静。激烈的战斗进行了大半夜。到清晨6时，城内的敌军全部肃清，共歼敌3000多人，缴枪5000多支，缴获子弹70余万发，还有大炮数门。起义成功了。

按照中央决定，南昌起义成功后，部队马上南征，往广东和海陆丰农军会合，进占潮汕，以图争取国际援助，再度北伐。起义军踏上南征之路，意外的艰难和挫折相继而来。9月19日，起义军占领大埔三河坝，在这里实行分兵：由朱德率领第十一军二十五师等部留守三河坝；由周恩来、贺龙、叶挺、刘伯承等率领的起义军主力进攻潮州。24日晨，起义军主力攻克汕头。

正在此时，敌人的重兵也在潮汕周围悄悄地集结。经汾水战役激战，因敌强我弱，起义军只得撤离潮汕转移至海陆丰。这时，周恩来染上恶性疟疾，由担架抬到普宁流沙，在流沙召开了由周恩来、李立三、恽代英、彭湃、张国焘、谭平山、贺龙、叶挺、刘伯承、聂荣臻、郭沫若等二三十人参加的流沙会议，作出"武装人员尽可能收集整顿，向海陆丰撤退；非武装人员愿留的留，不愿留的就地分散"的决定。[①]

周恩来在流沙时已经病得很重，发着高烧，连稀粥都喝不下。最后，在杨石魂等人的护送下，他转移到陆丰甲子金厢村，治疗半月，找到一条小船，在叶挺、聂荣臻、杨石魂的陪同下渡海到香港。在香港再治疗月余，大病初愈的周恩来便应召到上海参加中共中央政治局紧急会议。

从此，周恩来在上海负责中央日常工作近4年之久。

…………

"四一二"血的教训，让中共领导人开始清醒。懂得要保护自己，非得

---

① 郭沫若：《革命春秋》，人民文学出版社1979年版，第227—228页。

了解敌人、了解他们的军事、政治动向不可，才能准确有效地攻击敌人，战胜敌人。周恩来从牺牲同志尸体中爬起来，内心的疼痛促使他作出以牙还牙的决定。于是他出任军事部部长后，马上成立以情报、保卫工作为重点的特务科。

当时在武汉中央军事部（以后通称中央军委）参与情报工作的李强，曾回忆说：

在"四一二"后我到武汉，到了武汉中央军委。中央军委那时的书记是周恩来同志，军委下面有两个长：一个参谋处，参谋长现在还在，是聂荣臻同志；秘书长王一飞同志，牺牲了。另外还有两个科：一个科叫组织科，组织科长是欧阳钦同志；后来成立一个特务科（又称中央军委特科），负责人顾顺章，他在五次大会上当选为中央委员。

我当时在特务科，特务科下面设四个股：一个保卫股，负责保卫中央领导同志和中央机关的安全。譬如说保卫周恩来同志，保卫周恩来的那个同志现在还活着，在上海，叫杨福林，今年84岁，在上海普陀区当过副区长，现在退休了。我去年找到过他。另外还有保卫8个重要领导人以及鲍罗廷（保卫他的有60个人）的任务。保卫股长也是上海去的，叫李剑如。那个时候，保卫股的兵不算兵，又不是警察，所有人都穿一身三个口袋的学生装。另一个叫情报股，搞情报，情报股每天在武汉搜集一般所能知道的情况。情报股长是董胖子，可能叫董醒吾或董省五。另外一个特务股，负责镇压叛徒特务，兼办中央给的其他特殊任务。特务股就是做"红队"工作，人家说"红队"就是"红色恐怖队"。所谓"打狗队"，我还未去以前做过两件事，一件成功，一件没有成功；我去以后，在那里也干了几件事。这就是特务股，我当特务股的股长，底下就只有3个人。一个叫"老白脸"，一个叫"小白脸"，一个叫王竹樵，另外还有临时调来的人。还有一个叫"匪运股"，这个名字奇怪，搞"土匪运动"，是专门争取改造称作"土匪"的那些民间武装的。什么"红枪会"，其他什么东西，统统来和

我们接头，参加革命，我们把它们收编到我们军队里来……①

自从党中央机关迁回上海以来，国民党特务、警探同法租界和公共租界巡捕房的巡捕、包探勾结起来，共同缉捕党的负责人和党团员、工人领袖，每星期都有人被捕被杀。有的变为叛徒。这些叛徒曾经一度非常猖狂，如早在6月底，由于中共江苏省委一个交通员被捕叛变，向敌人告密，致使中共江苏省委书记陈延年、组织部部长郭伯以及省委秘书长郭步生相继被捕。郭步生叛变后又供出另一位中共江苏省委负责人赵世炎所在地，他带着包探抓人，致使赵世炎遭到杀害。

周恩来看到敌人如此猖狂，深感仅仅设立军委负责情报、交通、保卫工作还不够，党必须全面加强铲除叛徒、防止敌特破坏，严格自我保护的工作。于是他于1927年11月向党中央建议成立中央特科。经中共中央批准，中央特科于1927年11月开始建立。首先成立第一科，由原来专为党中央机关服务的"总部"改称；以原来武汉特务科及上海工人武装纠察队部分人员组成的红队（"打狗队"）为基础，建立起第三科，专门镇压叛徒、特务；接着成立了主要搜集情报，掌握敌情的第二科；最后建立的是设置电台的第四科。

1928年11月14日，中共中央政治局常委会议决定成立由向忠发、周恩来、顾顺章组成的特别委员会，领导中央特科工作。周恩来花费不少心血领导中央特科，从各方面加强了党的交通保卫工作。

…………

莫斯科郊外这所宁静的庄园，正是周恩来前年同邓颖超参加中共六大住的旧址。此行来去匆匆，不便让邓颖超作陪，一路顺风顺水，让他增强了说服共产国际的信心。

莫斯科的郊外，是一处神秘之地。这里产生了咏唱几代人的沉郁的歌

---

① 穆欣：《隐蔽战线统帅周恩来》，中共党史出版社2018年版，第5—6页。

声，前年 9 月在这里产生了中共的领导机关，一个码头工人当选为中共中央总书记。周恩来再度担任中共中央常委，同时被选为常委的还有苏兆征、蔡和森、项英等 5 人。蔡和森归国不久便被撤销了政治局委员和常委职务；苏兆征第二年 2 月才回国，当月就因病去世了。向忠发的思想水平和领导能力都不行，在实际工作中无法起主要的决策作用。于是，在这以后的很长一段时间内，周恩来实际上是中共中央的主要负责人。①

由于中共中央是在敌人统治下的上海从事秘密工作，周围的环境异常险恶。周恩来是众所周知的共产党领袖，是敌人千方百计追捕的重要目标。

幸亏周恩来有"易容术"。他冷静机智，从容应付，积累了丰富的与"豺狼"打交道的经验。他不停地改变自己外貌，有时是"大胡子"；有时戴着黑墨镜，像黑社会的"大哥大"；有时戴着鸭舌帽，穿着工人服装，像一个钳工；有时戴着礼帽穿着大衣，像一个绅士……他还不断地变换姓名和住址。居住的地点，有时住一个月，有时只住半个月，每换一处就改一次姓名。知道他住处的只有两三人。由于社会上认识他的人太多，他外出的时间严格限制在清晨 5 时至 7 时和晚上 7 时以后，其余时间除特殊情况外都不出去。他对上海的街道颇有研究，尽量少走大马路，多穿小弄堂，也不搭乘电车或到公共场所去。就这样，从回国到 1930 年春重去莫斯科，在一年半的时间内，他进行了大量卓有成效的工作。

这次，中共中央为什么要在这个时候派他到莫斯科去？原因是中共中央同远东局之间的矛盾发展到十分尖锐的地步。

1927 年冬，共产国际代表罗明那兹回莫斯科后，共产国际在中国一直没有正式代表。1929 年春夏间，共产国际派一个德国人和一个波兰人到中国，组织远东局。他们同过去的共产国际代表不同：不参加中国共产党的政治局和常委会的会议，而由向忠发、周恩来、李立三等在会议前或之后去同他们商议，双方经常发生意见冲突。

① 中共中央文献研究室：《周恩来传》，中央文献出版社 1998 年版，第 218 页。

矛盾的激化在这年的 12 月初。远东局没有同中共中央商量就通过一个接受共产国际第十次全会决议的决议案。决议案的中国问题部分断言中共犯了右倾的错误，主要有三点：一是富农问题，二是"勾结"广西军阀俞作柏问题，三

中共中央政治局机关旧址

是在赤色工会上有动摇。中共中央震动很大。12 月 6 日，中共中央政治局开会讨论，不同意远东局这个决议案，希望他们再做一个决议案加以纠正。

会后，政治局派向忠发、周恩来、李立三 3 人去同远东局磋商。他们连开了两天会，什么问题都没解决，谈僵了。

12 月 14 日政治局会议决定：派人到共产国际报告。

周恩来没有出席这次会议，会议记录上留下一条："冠生（周恩来化名）病入院。决：准假两月。"①

事实上，周恩来并非生病入院，而是已动身往莫斯科。他在中共六大前后同斯大林等打过交道，蛮有把握说服斯大林等接受中共意见。

他这次出国，护照是通过地下党的关系，经过上海的环球中国学生会申请取得的。护照是真的，用的名字是假的，照片是他本人的，但故意照得又像又不像。他坐轮船于 4 月间到欧洲，再由陆路去莫斯科。

…………

隔日，一阵啁啁的小鸟声把他叫醒，周恩来睁开眼一望，只见窗外灌木林里已透出晨光。

① 中共中央文献研究室：《周恩来传》，中央文献出版社 1998 年版，第 260 页。

服务员送来了丰盛的早餐，他吃完了早餐，共产国际政治处已来人了。来人说："米夫同志等会儿要接见您……"

米夫是共产国际东方部副部长，长期来往苏联莫斯科、中国，同周恩来很熟。周恩来一听，很高兴。

不一会儿，来人便把周恩来带到会客厅。

片刻，米夫便健步走进来了。他一见周恩来，热情道："欢迎，欢迎，周恩来同志。"

米夫伸出一双大手握住周恩来的双手，瞧瞧他的脸庞连声道："一年了，你没变，长得胖些了！"

"谢谢米夫同志，中国的事情让您操心了。"

米夫摆摆手道："中国的事情也是我们的事情，共产主义大家庭嘛！"

落座后，周恩来就把最近中共中央的工作向他汇报，重点是中共中央和共产国际远东局争吵的三个问题。

米夫听后，双眉一扬道："革命工作嘛，争论是正常的，争论的事已过半年了。眼下要紧的是你们的李立三又产生了急躁情绪，要举行总暴动，你知道吗？"

周恩来一听，莫名其妙，疑惑道："暴动？"

米夫大手一挥："目前中国举行暴动是万万不行的。斯大林同志坚决反对，说这是荒诞而危险的。在当前形势下，在中国举行总暴动，简直是胡闹。绝不能容许这样做。"

周恩来一听，知道自己离国后李立三又犯了急躁病了，弄出个"总暴动"出来，斯大林的震怒是对的。

米夫对周恩来道："你回国后跟他们研究一下，总暴动是万万不行的！"

米夫趁热打铁道："那个李立三发狂了，我们暂时别在他身上花费太多时间。"他顿了顿说："恩来同志，有一个问题，是到了非解决不可的地步了。我觉得目前我们应该好好改善共产国际同中共中央的交通问题，特别是中共中央苏区同中共中央和共产国际的互相了解问题。我们已接到远东局多次汇报，你们包括我们对中央苏区的情况了解太少了，太慢了。我们不敢对那些依据报纸上的消息写成的报告作什么评述……苏区对我们以及对于这里的任何人是陌生的……就连中国红军的政治领袖毛泽东，至今还活生生地在赣南闽西的深山老林里领着红军队伍打仗，而我们这里却误传他病逝了，还刊登了讣告，真是活见鬼了！你回去后，要好好抓一下建立一条中共中央和共产国际的交通线，更重要的是建立一条中共中央和中央苏区的交通线。"①

"好好！"周恩来爽快地答道，"我临出发到莫斯科前，毛泽东同志已派专人到上海，提议这件事了，我回去一定抓紧落实。"

7月16日，共产国际政治秘书处扩大会议讨论中国问题，由周恩来首先作报告。瞿秋白、张国焘也出席会议。会上对《关于中国问题的决议案》进行了讨论。周恩来在作结论时说："现在是革命高潮日益成熟过程中，虽然许多苏维埃已推翻了乡村封建统治，但在全国来说，还没有直接的革命形势。"23日，政治秘书处通过《关于中国问题的决议案》，再次强调："暂时我们还没有全中国的客观革命形势"，"建立完全有战斗力的政治坚定的红军，在现时中国的特殊条件之下，是第一等的任务"。②

8月上旬，周恩来离开了迷人的莫斯科郊外，告别了那鸟雀喧鸣的灌木林和绿茵茵的草地，踏上回国的征途。

二、说服向忠发、李立三

周恩来离开莫斯科后，先坐火车到大连，再搭轮船于8月19日到达上海。

回到上海时，周恩来面临的是急不可耐的向忠发、李立三的"发难"。

---

① 姚金果、陈胜华编著：《共产国际与朱毛红军（1927—1934）》，中央文献出版社2006年版，第196、198页。

② 中共中央文献研究室：《周恩来传》，中央文献出版社1998年版，第267—268页。

周恩来去莫斯科期间，中共中央总书记向忠发事事依靠时任中央政治局常委兼宣传部部长的李立三。

李立三犯了党内早已存在的那种"左"倾急性病，不切实际地夸大了当时出现的有利形势，夸大了革命的主观力量，认为全国范围内直接革命的形势已经到来，从而走上了"左"倾冒险主义的道路。6月11日，政治局通过了李立三起草的目前政治任务的决议《新的革命高潮与一省或几省首先胜利》。

由于这个决议的通过，第二次"左"倾冒险主义便在中共中央内部取得了统治地位。

但是，远东局对这决议案却持否定的态度，认为：一是国际正在讨论中国问题，中央仅仅根据一个工作人员的报告，便作出这一决议，将来发生问题，如何办？二是现在中央政治局很弱，周恩来、瞿秋白不在，向忠发、关向应病了，你们通过这一决议，将来政治局内部发生不同意见，如何办？因此，决议无论如何不能发出。

李立三不理远东局，我行我素，说："有什么问题时，由中共中央负责。"① 于是决议还是发出去了。

这时，共产国际致电中共中央，认为中国共产党的主观力量太弱，还没有争取工人阶级的大多数，不同意布置武汉暴动、南京暴动和上海总同盟罢工。

李立三看到这个来电，就把责任推到周恩来身上。他说："切实说起来，国际不仅不了解目前革命发展的形势，并且没有了解中国革命的总趋势。国际之不能了解中国革命的趋势，恩来同志要负这一责任。恩来同志向国际的报告，一定没有说明革命发展总的趋势。"②

向忠发也强调说："恩来对于这一问题，不仅应负政治上的责任，而且

---

① 中共中央文献研究室：《周恩来传》，中央文献出版社1998年版，第263页。

② 中共中央文献研究室：《周恩来传》，中央文献出版社1998年版，第265—266页。

还包含着一右倾的危险。"①

这场发言是 8 月 1 日政治局会议上的发言。共产国际这时还没有看到李立三的全部讲话,但研究了 6 月 11 日的决议后,认为它是错误的,希望周恩来和六大后一直留在莫斯科的瞿秋白回去纠正。

周恩来一到上海,向忠发、李立三旋即盛气凌人地找他质问。而向忠发、李立三问不倒周恩来,却被周恩来据理力争、不愠不火地说服了。他们接连进行两次谈话。周恩来通过耐心的说理和具体的分析,终于让对方承认了错误。

8 月 22 日至 24 日,中共中央举行政治局会议,周恩来传达共产国际的指示精神,也批评李立三的错误。

8 月 26 日,瞿秋白也回到上海。这时李立三的冒险主义已使革命受到重大损失。在周恩来、瞿秋白的帮助下,李立三进一步承认了错误。

9 月 8 日,中共中央政治局致电共产国际,表示接受共产国际《关于中国问题的决议案》和停止武汉暴动、南京暴动的指示。

斯大林也已洞察暴动的危险性。他 1930 年 8 月 13 日致电莫洛托夫说:"中国人的倾向是荒诞的和危险的。在当前形势下,在中国举行总暴动,简直是胡闹。建立苏维埃政府就是实行暴动的方针。但不是在全中国,而是在有可能成功的地方。中国人急于攻占长沙,已经干了蠢事。现在他们想在全中国干蠢事,绝不能容许这样做。"③

三、建立中央交通局

此后,周恩来又主持起中共中央的日常工作,上海幽深小巷里的阁房,又透出那彻夜不息的昏黄灯光。

---

① 中共中央文献研究室:《周恩来传》,中央文献出版社 1998 年版,第 266 页。
③ 姚金果、陈胜华编著:《共产国际与朱毛红军(1927—1934)》,中央文献出版社 2006 年版,第 162 页。

他抓的第一件事就是迅速建立中央交通局。自从赴莫斯科之前，接到卢肇西转达的毛泽东、朱德关于要求设立上海至瑞金的中央秘密交通线的消息之后，他一方面先行布置吴德峰抓紧派员加快香港电台建设，改进与中央苏区的联系，一方面把设立中央秘密交通线情况在莫斯科向共产国际汇报。

此前，共产国际已接到远东局多次汇报的加强上海党中央与中央苏区交通事项。"在这种形式下就更迫切需要建立苏维埃根据地，同苏区建立经常联系……要在行进路上建立联络站和设立无线电通讯，缺少资金，这是尽快解决这些问题的巨大障碍。"[①] 远东局军事小组负责人盖利斯也写信说："由于缺少与苏区比较经常的联系，我不敢对那些根据报纸上的消息写成的报告作什么评述……苏区对于我以及对于这里的任何人来说，都是很少能感觉得到的地方……"[②] 基于以上情况，米夫才代表共产国际指示周恩来，回去后，中共中央要抓紧建立一条从苏联到中共中央的国际交通线，同时，建立中共中央到中央苏区以及各苏区的交通线。

于是，周恩来建议召开中央政治局会议。会议终于决定组建中央交通局，把军委交通总站和中央外交科归并交通局，直辖于中央政治局，由周恩来、向忠发、李立三、余泽鸿、吴德峰组成委员会，吴德峰任局长，筹建上海党中央机关通往全国各革命根据地长江、北方、南方三条主要交通线。中央交通局设于上海静安寺街11号。

1930年10月24日，中共中央政治局把毛泽东提出的建立上海中央机关通往赣南、闽西交通线的建设，列入"苏维埃区域目前工作计划"，并在《中央政治局关于苏维埃区域目前工作计划》中，要求苏区的交通网与中共中央政治局统治区域的军事交通网能完全衔接。

中共中央政治局会议决定成立中央交通局之后，周恩来马上约了新任中央交通局局长吴德峰商谈。

---

① 姚金果、陈胜华编著：《共产国际与朱毛红军（1927—1934）》，中央文献出版社2006版，第193页。

② 《盖利斯给别尔津的信》，同上，第196页。

第三章　中央交通局局长吴德峰

一、从湖北军委主席降任中央交通科科长

20世纪二三十年代，上海有一条著名的街道叫慕尔鸣路，当年党中央领导人常在这里活动。

慕尔鸣路一家咖啡厅二楼包厢。一位头戴礼帽、西装革履的英俊中年男子悠闲地品尝着咖啡。吴德峰按约定时间准时来到5号包厢。推开门，只见"伍豪"——中央军委书记周恩来已先到了。屋子里逸散着咖啡的幽香。

吴德峰向周恩来亲密地点点头，坐在他对面。服务生很快送上一杯香喷喷的咖啡。

他俩在包厢里，悄悄地商量设立中央秘密交通线的具体事宜。

吴德峰原名吴士崇，曾用化名吴铁铮、吴铁峰、戚元道，1896年6月21日出生于湖北省保康县。

吴德峰老家在保康县歇马镇石磐岭，吴家是当地有名的官宦之家。祖父吴国弼为清朝辅臣四品通奉谏议大夫，在云南等地做过官，并任鄂省临时议会议员，受维新变法思想影响，比较开明。其二伯父吴元泽、父亲吴元钧均被祖父送往日本留学。1911年，吴元钧回国参加辛亥革命，衔至少将，后进京任总统府侍卫武官。黎元洪与吴氏家族颇有渊源，通家友好，曾多次为吴氏兄弟题赠"德高年劭"等匾额。

吴德峰出生在这样一个崇尚维新进步思想的家庭，这对他以后追求进

步、走上革命道路产生了重要的影响。

1909年2月，13岁的吴德峰随父亲吴元钧来到武昌，就读于湖北官立两等小学堂。这成为他一生中的第一个重要转折点。正是在武昌，他萌生和立下救国救民之志，并在董必武、陈潭秋等共产党人的影响帮助下，加入了中国共产党，走上革命道路，开始了他那跌宕起伏、惊心动魄的传奇人生。

武汉国民政府成立后，因吴德峰在湖北军政界家世显赫，经国民党著名左派人士邓演达推荐，于1926年冬担任武汉国民党政府常委兼武汉市公安局局长。1927年1月1日至13日，国民党湖北党部第四次代表大会召开。针对蒋介石在5日发出的"中央党部及国民政府暂驻南昌"的通电，吴德峰配合董必武，推动会议于11日致电国民党中央"长思熟筹、仍照前议、奠定邦基"，敦促在南昌的国民党中央党部和国民党政府委员迁都"以寒敌胆，而厚民气"；经过反复斗争，终于迫使南昌方面同意迁都武汉。国民党湖北省党部第四次代表大会选举了新的省执委会、监委会，他和董必武、孙科、徐谦当选为执委。1月15日，大会主席团召开第三届执行委员会第一次会议，决定吴德峰为商民部部长。

4月12日，蒋介石在上海发动反革命政变。吴德峰在"四一二"前后多次听取周恩来等的指示，采取各种应对措施。4月底，中国共产党在武汉召开第五次全国代表大会（简称中共五大）。为了开好这次大会，吴德峰事先做了周密的调查研究。他利用陈公博摸清了汪精卫的态度及武汉国民党右派的动向，以做好中共五大的保卫工作。中共五大开始在武昌第一小学进行，后改迁至汉口济生三马路黄陂会馆举行。直到会议结束，代表们走完，武汉国民党右派仍未发现开会地点。

5月，蒋介石乘武汉地区的北伐军主力出师北伐，后方空虚，指使四川军阀杨森驻宜昌的独立师夏斗寅部偷袭武汉，妄图推翻国共合作的武汉国民政府。17日，夏斗寅部队进逼离武汉仅有40里的纸坊，其他叛军也离武汉不远。武汉地区所有的革命军队开赴平叛前线，负责武汉市治安工作的吴德峰，一方面要保证武汉市的社会稳定，一方面还注意在武汉市国民党反动派的动向。他每天召集有关人员开会，汇报分析当天的形势，并根据情况采取针对性措施，保证了武汉国民政府与平叛部队的后方安全。

吴德峰还利用自己的身份之便，积极开展工作，了解国民党右派的动向，及时掌握陈公博、汪精卫的动向，报告中央。

8月7日，中共中央在汉口原俄租界三教街41号召开紧急会议，此即八七会议。

会议是在一片白色恐怖的气氛中召开的，保证会议的安全至关重要。吴德峰利用自任武汉市公安局局长的有利条件，千方百计地保卫会议安全。他事先做了周密的调查研究和安排部署，会议期间采取声东击西的办法，把国民党探子的视线打乱，同时还安排自己的人在周围询查户口掩人耳目，实施警戒措施。直到与会代表们走完，国民党反动派也未嗅出开会的地点。

吴德峰毕竟不能见容于国民党右派。武汉地区的国民党右派视他为国民党左派的中坚分子，列为免职、铲除对象。因为他手中掌握公安局实权和警察大队武装力量，所以国民党右派未敢贸然公开对他下毒手，而准备以"提拔重用，另有高就"的方式绑架他，并秘密逮捕之。他得到此消息后，立即报告党组织，组织决定他相机撤离公安局。

八七会议后，秋收起义是当时党一切工作的中心，而湖北、湖南两省的秋收起义又是中心的中心。领导鄂南秋收暴动的担子落在吴德峰的肩上。他从国民党省党部、武汉公安局撤出后，中共湖北省委临时决定由他担任中共湖北省委军委书记并任湖北省革命委员会主席、工农革命军总司令，兼任鄂南特委书记，领导鄂南秋收暴动。

鄂南农民暴动是中共八七会议后，湖北党组织领导的第一个大规模的农民暴动。鄂南秋收暴动遍及鄂南全区及鄂东三县，参加暴动的农民革命军和群众达10万余众，他们攻占县城，成立政府，处决土豪劣绅七八百人，是当时党领导的武装起义的组成部分。

吴德峰领导鄂南秋收起义后，又奉党的派遣到江西省领导赣西南地区秋收起义，在赣西南峡江、万安、永丰、吉安、莲花、兴国等十多个县，多次发动农民起义，成立了工农革命军第七、第九、第十五、第十六纵队，为赣西南革命军队的创建奠定了一定的基础。

而后，吴德峰又被党派往赣北工作，因叛徒出卖，中共赣北特委被国民党特务破坏。他同妻子乘夜撤离，后在聂荣臻的引领下，到上海接受中央新的任务。

到上海后，周恩来找吴德峰谈话，要其留在中央军委任交通科科长。

…………

秘密工作一直由中央军委书记周恩来直接领导，吴德峰和夫人戚元德也是周恩来指定调来的。到上海后，吴德峰以老板的身份租用了当地一处高档的公寓，组织又给派来年轻女同志周惠年给他家当"女佣"。住欧式公寓的老板家里没配女佣行吗？

周恩来和吴德峰每次见面，都由双方交通员在秘密地点市场杂货店老板处交接纸条，事先约好会面地点。

这次两人见面，周恩来脸色严峻。他道："德峰同志，形势紧迫，我们好好研究一下吧。"

他们商量决定的第一件事，是如何组建中央交通局。商定调两年来一直在上海搞地下工作，现为中央提款委员的陈刚任交通局副局长；调原中央秘书处交通科的肖桂昌、中共广东省委交通科的李沛群、党中央秘书处发行科的熊志华等到交通局担任交通员。然后，他们商定马上建立上海直达中央苏区的秘密交通线。参照卢肇西的考察意见，他们商定在原来已建立的长江、北方、南方三条交通线的基础上，把南方交通线建成一条从上海直达中央苏区的秘密交通线。这条交通线分为四条线路：一是上海—香港—南雄—江西，二是上海—香港—汕头—黄冈—大埔—闽西，三是上海—香港—汕头—潮安—松口—梅县—蕉岭—平远—江西，四是上海—香港—汕头—潮安—大埔—永定虎岗—瑞金。（前三条后期被敌人破坏或少用。）

因此，他们决定中央交通局下设香港交通大站（也称华南总站），闽西交通大站，汕头交通中站（绝密站），大埔、合溪、黄冈等交通中站。各站负责人周恩来让吴德峰先行物色人选。

同时，周恩来也要求吴德峰加紧拟出地下交通员的挑选条件，以便发给下属各站，抓紧在短时间内配备政治坚强、精干的交通员，迅速把交通网点布设起来。

二、德峰同志重任在肩

会见结束，周恩来拍拍吴德峰的肩膀，深情地说："德峰同志，你肩上的责任重啊！你这局长远比省的军委书记的责任重大啊！你的'家'太大了，让小戚多注意安全！"

小戚就是吴德峰生死与共的妻子戚元德，她也是党的出色地下交通人员。

吴德峰在武汉时就与戚元德相恋。吴德峰从武汉撤出时，已成未婚妻的戚元德不能同行。临行前，戚元德的父亲担心局势不稳，他这一走，不知何时能归，恐婚期一拖再拖，提出他和戚元德结婚后再走。赴鄂南领导暴动的前一天，吴

戚元德和孩子们

德峰和戚元德的婚礼在戚元德的舅舅家中悄悄地进行，没有仪式，没有花轿，没有花烛，没有贺礼，更没有一位宾客，只有戚元德的父亲、堂舅父和舅母3位长辈的祝贺。

吴德峰对岳父说："我订婚前许诺要赡养您老人家，现在不可能了，我要走了。元德在汉口也不能待下去，不久也要走了。我们不能孝敬您老人

家了，等形势好一些，我们再回来接您吧。"

岳父很开明，他理解并支持吴德峰所从事的事业，说："我老了，不能拖累你们，你们有自己的事业，我身体还好，你放心走吧。"

第二天凌晨两三点，吴德峰化装剃眉、缩腮改变脸型后，告别新婚的妻子，由戚元德的堂舅父送至距汉口较远的一个偏僻小火车站，乘车奔赴鄂南战场。

吴德峰在吉安时，给戚元德寄了一套风景画册，上款写"惇允（戚元德的字号）吾妹爱存"，下款写"铁哥（吴德峰当时化名吴铁铮）赠与，吉安"，时间为"一九二七（年）十二（月）八（日）"。该原件现在还保存完好，是他和戚元德爱情的象征，更是他从事革命活动的重要凭证。

1928年1月，吴德峰任中共赣北特委书记时，组织把戚元德调到他身边工作。这时，戚元德已怀孕3个多月，不离开武汉恐引起敌人猜疑。这年阴历春节前，戚元德假称出嫁到上海，由其父亲和堂舅父陪同登上了去上海的客船，并中途下船去九江，而其父和堂舅父则继续到上海后才返回武汉。到九江后，这对革命夫妻才算团圆。

吴德峰见妻子怀孕非常高兴，陈潭秋宣布，党组织正式批准戚元德为中国共产党党员，同时代表组织祝贺吴德峰和戚元德的婚事。这对他们来说，真是双喜临门。从此，戚元德以家庭主妇的身份在赣北特委住机关协助吴德峰的工作。

为了让戚元德尽快进入角色，吴德峰给戚元德上的第一门课就是机关工作的性质、任务、重要性及如何对付敌人和应付环境、开展工作。他告诉戚元德，机关工作是在特定环境条件下完成党的特殊任务的重要环节，它的成功与否直接关系到每一个革命环节的胜负、组织的存亡、战友的安危。要随时准备应付突发的意外事态、环境，要有为革命随时献身牺牲生命的准备。他说，一旦被敌人抓住，不管受何种极刑，只要咬紧牙关顶过去就没事了；骨头越轻，敌人的期望值越高，这是敌人审问犯人的规律和心态。

5月，赣北特委秘书叛变，连自己的妻子都出卖。国民党特务按他供出的地址到九江秘密诱捕其妻，妄图把中共赣北特委一网打尽。谁知，秘书的妻子是一位坚定的共产党员，知道丈夫叛变后，假装顺从，敌人信以为真，同意她去街坊家接孩子。她借机从邻居家后门逃脱，立即找到吴德峰家。吴德峰得知情况后，立即拿钱让她买东西暂时转移回乡隐蔽。吴德峰和戚元德立即处理销毁文件，放出危险信号，随后迅速通知特委其他同志转移，并掐断了与他们的所有联系。

当时，戚元德已怀孕八九个月，行动不便，吴德峰改姓张，将戚元德安置在一家隐蔽的平安旅馆后，只身去南昌找省委汇报情况。到南昌后，他才知道省委机关也遭严重破坏，剩下的人已全部转移。他因找不到人，只好立即返回九江，经组织批准，直接去上海找中央汇报发生的问题。这时他们身上带的钱已不多了。他当机立断，给在武汉的继母发电报说："儿病重，急用钱，请母乘船至九江。"

吴德峰父亲早逝，继母无嗣，视吴德峰为己出。继母思维敏锐，心有灵犀一点通，立即按照电报暗语带老妈子、丫头、听差一行到九江码头，与吴德峰相会。

吴德峰夫妇和继母3人当即买票乘船前往上海。老妈子、丫头、听差等被继母全部打发回武汉。7月7日，他们一到上海，戚元德就临产了，住进一家私人医院，生下儿子吴爱生。初到上海，吴德峰基本上白天不出门，或在家睡觉，或叫别人买一些报纸在家看，以寻找组织关系线索。天黑后，他则到大世界、永安公司等地方转，以期碰到自己的同志。一个月后，他终于在大世界门口碰见了也到上海联系工作的聂荣臻，这才找到组织接上关系。

周恩来在上海约见了吴德峰，让他担任中央军委交通科科长，不久又改任中央外交科科长。吴德峰私下告诉了戚元德。

戚元德风趣道："我说德峰，你这个堂堂的武汉公安局局长、湖北军委书记为啥一下子降为科长？这个科有多大呀？"

吴德峰耸耸肩膀，也幽默地道："这个科好大呢，等于国家的一个部，还是一个好重要的部呢。像古代朝廷的尚书呢！你可就是三品夫人了，哈哈！"

戚元德听后娇笑一声，轻拍他一下："我看最多也是七品，臭美！"

…………

不久，吴德峰就根据这两年来地下交通的有关规定和条例，拟出了吸收交通员的基本条件：一是党龄长；二是有丰富的对敌斗争经验；三是政治上要坚定可靠；四是有健壮的身体；五是交通员的生活要社会化、大众化；六是交通员要懂"行话儿"，具有随机应变能力。同时，吴德峰又提交了交通工作条例草案，包括5点：（1）不允许发生任何横向关系；（2）机关所在地，只允许上级了解下级的，下级不允许了解上级的、隔级的兄弟机关的；（3）党内不该了解的人和事不问，不该看的文件不看，未经允许不得传播自己所了解的事；（4）坚守岗位，不允许到群众斗争场合，不许照相；（5）写过的复写纸、印过的蜡纸和机密文字的纸屑要及时烧掉。①

周恩来对吴德峰拟出的交通员条件和工作条例十分满意，强调在实际工作中要逐步完善。但是，当务之急是要尽快建立起香港交通大站的问题，因为香港交通大站负责领导香港至大埔一带的各个中、小站。只有香港交通大站建立起来，这一带的交通线才能动起来。周恩来问吴德峰对香港交通大站站长的人选。吴德峰摇头说尚未有合适人选。周恩来胸有成竹地说："响鼓必用重锤，我已有人选了，准备调一位重要的人物出任站长。"并要求吴德峰尽快派肖桂昌以巡视员的身份赴港，把组织的意图当面向中共广东省委传达，尽快把工作开展起来。吴德峰一听周恩来说出的人选，连声赞好，并火速派肖桂昌连夜赴港。

吴德峰坚强的党性和机智廉明，在他本人1940年写的《吴铁铮（吴德峰）自传》里面就有反映：

---

① 中共湖北省委党史研究室：《吴德峰传》，中共党史出版社2018年版，第55页。

一次，鄂东地区将打土豪没收的一批黄金上缴中央，因数额巨大，周恩来同志让我亲自去取。在鄂东，我在特委书记吴致民同志那里，交接10斤左右的黄金。为了携带方便，我特制了一个像子弹袋的布袋，将金条装好，随身背带，在交通员的护送下，一路夜不解带地赶回上海。我身背着贵重黄金，不敢住宿旅社，风餐露宿，一分钱也不敢花，一路半饥半饱到了上海。同志们见我饿得体质虚弱，有的还对我身负重金挨饿受冻不理解。我把黄金交接单一并交给组织。保管人员验收数量时发现有误差，报告给了周恩来同志。周恩来同志很相信我，直接问我怎么回事。我仔细回想，黄金从未离开过身上，问题可能出现在砝码上。造币厂可能克扣了银两，银元分量不足。结果把带回的银元拿去核对，果然如此。周恩来同志称赞我一心为党，分厘不染。

三、上海特殊的"家"

戚元德和吴德峰是恩爱夫妻的典范。作为家属，戚元德的任务是协助吴德峰做党的机要交通工作，每天买菜做饭、缝补浆洗、放哨警戒、联络接送同志等。这些看似平凡的工作，实际关系到党的安危，一点都不能大意、马虎。吴德峰在家接待过多位党的重要领导同志，如陈云、刘伯承等都在他家里住过。陈云当时公开的身份是跑街的，耳朵后面夹着一支笔进进出出。刘伯承则作为"表亲"住他家。刘伯承当时在军委工作，经常下乡，每次回来都染上虱子，戚元德都要帮他把换下的衣服洗得干干净净。时间长了，刘伯承看戚元德要带孩子、做家务、承担工作任务，还要帮他洗刷脏衣和被褥，心里过意不去，就偷偷地把脏衣服藏起来，但每次都被戚元德翻出来洗干净。有一次，刘伯承将脏衣服藏在旧饼干筒内，被戚元德翻出来。打开一看，戚元德吓一跳，衣服上长满虱子。她拿出来经开水烫过后，便洗干净、晒干，叠好放在他的床头。刘伯承回来后，很感动，亲切地对她说："元德同志，你真是我们的好管家、好同志。"

在上海西摩路菜场对面有一间特殊的房子，是他们家的"女佣"周惠年的新家。里面有一段神秘的故事。

在上海中央交通局任局长期间，吴德峰始终把党的安全放于第一位。周惠年到他家当"女佣"，不久，因要设立另一个交通站点，就调她去同中央特科谭忠余组成假夫妻做掩护。

今天，上海繁华昌盛，到处高楼林立。而当年十里洋行，也呈繁华景象。但在白色恐怖之下，要在上海单身租房子很困难，主要原因是容易引起敌人和外人的注意和怀疑。谭忠余需要一个搭档，组织认为周惠年是合适人选，便安排她和谭忠余作为一对假夫妻住在上海西摩路菜场对面。他们顺利地租了房，开始机关工作。

吴德峰对交通员既严格要求，又非常关心交通员的生活。当时党的地下工作人员薪金很少，其标准是真夫妻每家月工资 25 块银元，假夫妻每月只有 10 块银元。除用于各方面的开支外，工作人员每天生活费只合 4 个铜板，不省吃俭用就不能维持到月底。因此，别人过年吃鸡吃肉，周惠年她们只能关起门吃粗茶淡饭。一些好心人看到周惠年她们住房狭小，生活困难，就劝她去工厂做工，每月可以多挣二三十元工资。

一天，周惠年羞赧地请示吴德峰是否可以去做工，吴德峰严肃地对她说："你的任务就是看'家'，如果指定的联络人到'家'中来找不到你，党的工作就会受到损失，你应该以大局为重。"但是吴德峰还是尽量帮助周惠年。周惠年到上海后，天气逐渐变寒冷了，吴德峰见她衣服单薄，给了她 10 块银元，还嘱咐戚元德带她上街买了一件棉袄，制了一件旗袍。周惠年十分感动。遇到敌人突然检查，小夫妻还假装打架呢。以后，周慧年和谭忠余相处日久，产生真挚的感情，经组织批准结为正式夫妻。

…………

在上海小沙渡路口，80 年前曾经有一个神秘的"乞丐"。知情的人一见，都感动得潸然泪下。

一次，吴德峰的表弟、中央交通局交通员龚增祥执行一项紧急的任务，向多位中央领导成员口头传达共产国际给中共的指示。龚增祥机警地在法租界向周恩来住处传达完，又走向小沙渡路口准备向李立三传达，刚到维尔蒙路时，被一个叛徒发现了。他马上拐过路口要进门牌 62 号通知时，看到身后有两三人跟踪，为了保证领导的安全，他故意在大街上点燃一支香烟抽起来，让中央领导发现他已被敌人跟踪，以便做好撤离准备。叛徒迫不及待地与几个特务从两面围了上来，把他抓住，带进刑审室严刑拷打，不奏效，又施一计，放他出狱做钓饵。他衣衫褴褛，被打发到小沙渡路口街头讨饭，地下党组织的同志见状想前去营救他或给他东西吃，他举起打狗棍装疯卖傻将其赶走。半个月后，敌人一无所获，就把他枪毙了。龚增祥壮烈牺牲时年仅 24 岁。

第四章　华南交通总站

一、依山傍水的交通总站

1930 年，南国的秋天，天高气爽。香江两岸绿树成荫，花团锦簇，紫荆花含苞待放。

这天傍晚，广东中山人肖桂昌神秘地下船走进了九龙上海街，找到中共广东省委的秘密驻地，南方局秘书长饶卫华已在等候这位中央派来的巡视员。肖桂昌把中央决定建立从上海党中央到中央苏区的秘密交通线的指示作了详细的传达。

年轻的巡视员又侃侃而谈：中央根据共产国际最新指示，为了巩固和扩大苏区与红军，仿照苏俄在内战时期的办法，建立中央交通局，建立苏区与白区的交通线，下设大站、中站、小站，贯通联系起来保证畅通无阻和安全。因此，南方交通线方面决定在香港建立交通大站，并由南方局秘书长饶卫华任站长。

交通大站的主要任务是传递文件和护送干部往来。共产国际最近指示，应调白区 60% 的干部到苏区加强领导。肖桂昌转达说："中央强调，这是一件极为秘密的工作，交通局各线、站只同所在地的党委书记一人联系，不准和别的负责人发生联系……"

饶卫华出生于广东省大埔县，原名饶君强，1924 年考入广东大学（今中山大学）。他不满黑暗统治，投身救国救民的革命斗争。

饶卫华秘书长听完这位年轻人逻辑性很强的传达，知道他新的任务的特殊性、重要性和艰巨性了。长期的革命经历磨炼了他高度的党性和组织纪律性。从一个南方局秘书长的位置调到香港交通大站当站长，他毫不计较，认为是党中央和周恩来对他的了解和信任，也说明党的交通工作非同小可。

饶卫华在省港大罢工时就任邓中夏的秘书，不久参加中共广东区委工作，与同时任广东区委军事部部长的周恩来相处过。中共六大召开前夕，时任中共汕头特委组织部部长的饶卫华遵照中央指示，参加在苏联召开的中共六大筹备组，周恩来任大会秘书长，黄平、罗章龙任副秘书长。出席会议代表和筹备处人员统一编号，饶君强（即饶卫华）编号为"86"。3个多月的紧张而有序的筹备工作和此前同周恩来相处的日子，让周恩来感到饶卫华的文字功夫和协调组织能力都不错，于是中共六大结束后，就派他任中共中央南方局秘书长。这次，要组建中共中央交通局华南总站，周恩来就把这站长交给饶卫华担任。

据饶卫华回忆：

1930年9月党中央在六届三中全会后，为建立从上海党中央到闽西苏区和广西左右江苏区间经常的联系，决定在香港成立华南交通总站，直属党中央交通局，并将我从南方局秘书长的岗位上调出来，专职领导这项工作。

1929年下半年全国许多地区的党组织贯彻执行党的六大决议，在各地领导武装起义，推翻国民党反革命政权，建立工农红军和工农民主政府，形势如星火燎原。这一年，我湘赣边的工农红军三次大规模向赣南、闽西地区出击，将湘赣边、赣南苏区和闽西苏区连成一片，建立起包括赣南和闽西几十个县的根据地，并向闽粤边的饶、和、埔三县边界发展。同年驻在广西的国民党桂系部队在俞作豫、李明瑞、张云逸等同志领导下，先后发动了广西第七军、第八军左右江起义，建立了第七军、第八军和百色、龙州地区的工农民主政权。

我们突破国民党蒋介石的四面围攻和层层封锁，在闽粤边的永定、大埔两县交界地区打开一条从闽西虎岗乡（闽西特委机关所在地，属永定县境）经大埔、潮汕（州）、汕头到上海的交通路线。由于上海到闽西和到广西苏区的交通线上水陆路线过长，中间经过地区政治情况复杂，为保证旅途交通安全，便于掌握情况的变化及时加以解决，这个交通总站的建立是非常必要的。当时我工农红军连打胜仗，根据地不断扩大，新政权和红军的政治军事干部需要不断充实，以加强党的领导；同时为了打破国民党的包围封锁，解决红军中新建起来的无线电通讯用具和其他器材、药品等的购买补充，也需要这个交通站来协助解决。所以这个交通站担负的任务是很繁重的。

华南交通总站成立后，我们在香港铜锣湾建立了一所秘密机关和招待所。以接待党中央从上海送来的干部。党中央和南方局先后调来第一批专职交通员，他们当中有肖桂昌、黄华、曾浪波、洪胜、卢伟良、王福田等，都是政治觉悟高、较熟悉地方情况、勇敢机智的同志。

肖桂昌：广东中山县人，工人出身，原是香港区委委员。

黄华：原名邱延林，广东大埔坪沙乡人，当时才 16 岁，他在坪沙乡小学读书时，便参加了由党的埔北区委组织的阻击国民党两位作恶多端的高级联络参谋丘文和廖武进攻苏区的斗争。

曾浪波：后改名曾昌明，海南文昌县人，是在暹罗参加革命斗争，被捕后被打上烙印又驱逐出境的党员。

洪胜：广东丰顺人。

卢伟良：广东梅县人、学生出身，原任闽西到香港、上海的交通员。

王福田：山东人，学生出身，原是第一次世界大战中我国派到法国参战的华工，战后留在法国做工，在法国参加中国共产党。他当年已五十多岁，留着两撮胡子，能讲流利的法语，专任香港经安南到百色苏区的交通员。①

---

① 中共广东省委党史研究室、中共汕头市委党史研究室编：《红色交通线》，粤内登字 D10299 号，2009 年，第 115—123 页。

香港这栋隐蔽在绿荫深处的小楼，是当年香港交通大站的旧址。这栋小楼带着几分神秘感，它位于香港东北处的铜锣湾，房屋依山傍水而立。因对面是一个停尸房，一般人都不敢恋足。

华南交通总站建立时，组织为饶卫华选派了两位助手。一位是曾任过周恩来秘书的李少石，一位是国民党元老廖仲恺、何香凝的女儿廖梦醒。

廖梦醒曾回忆：

1930 年，当时我正在法国学习，有一天突然接到少石同志电报："即归。"

我即乘船回国，先到香港，再到上海，经组织批准同少石同志结婚。党中央决定在香港建立交通站，我们在上海住一个月就去香港了。交通站设在我的家里，对面是停尸房……我负责抄写上海中央与苏区来往的文件。文件放在我家里，我买了一架旧钢琴，文件就放在钢琴底下。从苏区来的文件，装的都是大袋子，是用草纸写的，字很大；中央给苏区的文件是写在好一点的纸上，用很细的笔抄写的，有的用针抄的，字很小，只能用放大镜才能看清楚。我的任务就是把苏区来的草纸写的文件，用很小的字抄在薄纸上，便于交通员携带；把上海来的文件抄在草纸上，带往苏区。那时候我还不是党员，后来于 1931 年党组织接受我入了党。第二年在黄龙同志家举行宣誓，黄龙和少石同志是我的入党介绍人。

1931 年，有一天我和少石同志到蔡和森家里，邓小平同志也去了。在回来的时候，被一个家伙盯上了，他追得很紧，我们跳车才甩掉了。少石同志把这件事及时通知了和森同志，要他注意。

上海和苏区来的文件都是通过交通员送来的，交通员都不到交通站来，是少石同志带来的。王弼同志来过交通站，黄龙同志没来过。蔡大姐、欧阳钦都在交通站住过，他们是 1932 年 1 月 15 日来，16 日走的。他们在谈话时，为了安全，需要我一个人同时打四个人的麻将，以防被敌人听到谈话的声音。当时我快分娩了，因为太累，提前生了孩子，所以这一段我记得特别清楚。

第三年王弼同志被捕了，少石同志到上海建立了家，不久我就去了。交通站大概是在1933年撤掉的。到上海后，少石同志在《工人通讯》社工作，我就搞翻译，我会讲、写、谈英文、日文，懂得法语。[①]

二、前后护送了三批党的重要干部

香港上海街，华南交通总站电台曾设于此。这儿，曾经在特务、暗探的严密监视下，传出了嘀嘀嗒嗒的微弱声音，传递着上海和中央苏区两地的重要指令、报告，担负着极其重要的使命。

华南交通总站成立后，很快在香港铜锣湾建立了一所秘密交通机关和招待所，以接待党中央从上海送来的干部。党中央和南方局先后调来第一批专职交通员，有曾昌明、卢伟良、王福田、黄尚英、邱德。此前在九龙的上海街建立起一座南方局的秘密无线电台，与党中央的电台保持联系。中央派到苏区的同志在上海起程前，通过地下电台先将人数、姓名、性别、政治情况、在香港住何旅馆、接头暗语等电告交通大站。他们到香港如果情况正常，便由交通员带同出发，从香港起程，坐轮船到汕头，然后搭潮汕铁路的火车到潮州，再转乘韩江的轮船到大埔县城。当轮船停下来后，交通大站便把预先安排好的小木船靠拢过来，由交通员引到自己船上，再逆行30余里，便到闽粤边境的青溪乡。在这里不能停留，他们趁夜出发，再行30多里山路，便到达永定县属的陶坑。往永定县城、金砂、合溪等地行两天路程，便到闽西特委所在地，也就是另一交通大站——虎岗乡。

1930年10月至12月期间，交通大站护送第一批干部到闽西的同志有几十人，大多数是从上海党中央送来的。他们是叶剑英、左权、萧劲光、傅钟、李卓然、蔡树藩、徐特立、张爱萍、朱瑞、刘伯坚夫妇、顾作霖夫

---

① 中共广东省委党史研究室、中共汕头市委党史研究室编：《红色交通线》，粤内登字D10299号，2009年，第124—125页。

妇、李六如、贾拓夫等。

护送的另一批干部为南方局送派的。这批干部大多是参加过省港大罢工和广州起义的工人同志。如邓发、陈慧清夫妇与黄甦、何瑞、卢德光等。

第三批则是从东南亚各地参加斗争被捕后，被当地政府驱逐出境，回到香港找党组织的同志，以及从广州南石头惩戒场监狱坐牢刑满出狱的同志，如张昔龙、詹行祥、谢育才等。

当年在香港湾仔有一条很出名的"会食街"。1928年后，革命处在极端困难时期，这时在香港的党员有700多人，多是参加省港大罢工、广州起义失败后的工人同志。他们到了香港，由党组织设法安排，分别进入工厂、企业、商店里工作。当时党员生活都非常艰苦。有许多同志到湾仔黄泥涌开山推泥车做临时工，所得的工资非常低微，只能够到湾仔"会食街"吃便宜饭。所谓"会食街"，完全是用各大饭店的残饭剩菜汇在这条街的小食摊上，露天卖给穷人吃而得名的。虽然那时候条件很艰苦，大家还是对革命充满信心，在这种环境下依然有不少工人同志不顾个人的一切而勇敢地申请入党的，如周楠和叶文征。

广东党组织为支援苏区扩大红军做了很多工作。党组织以"省港罢工工人纠察队同学会"的名义，去联络这批同志，然后他们集中一段时间学习后，党组织发路费由交通员护送到中央苏区和广西苏区去，扩大红军队伍。前后共送了四五百人。

三、叶剑英首上中央苏区

交通站成立不久，就接到党中央交给的一个重要任务——护送广州起义主要领导人之一的叶剑英上中央苏区。

当年，风度翩翩的少壮军官叶剑英，曾是广州起义的领导者之一。广州起义失败后，国民党反动派悬赏10万光洋抓捕叶剑英。党安排他到苏联留学深造，回国后党又安排他到中央苏区去。1930年秋，他来到香港，交通员卢伟良负责护送他。

卢伟良，1910年8月16日出生于梅县大坪草塘村；1928年1月加入中国共产党；1930年，担任中共广东省委交通员，主要负责中共闽西特委和广东省委的联系；1930年年底，任大埔交通中站站长。

1930年秋，卢伟良在中共闽西特委任交通员，还未到香港交通大站上任。有一天，闽粤赣特委书记邓发把他叫去，交给一个紧急任务，要他立即动身去香港，护送留居在香港的叶剑英。

卢伟良到香港后，按照上级的指示，立马到香港跑马厅聂煌家里同叶剑英会面。

聂煌是云南人，是叶剑英在云南讲武堂的同班同学，时任国民党新编第二师师长。聂煌一家住在香港跑马厅一座西式楼房里，叶剑英夫妇住在二楼。

那天9时许，卢伟良在香港交通站交通员潘洪波的引领下，踏上香港嘈杂的码头来到叶剑英的住所。

叶剑英见到卢伟良，很高兴，冲茶递烟，热情款待。

潘洪波给叶剑英介绍道："这位就是中央苏区派来接您的卢伟良同志，梅县人。"

叶剑英一听卢伟良是梅县同乡，不禁露出喜悦之色。

潘洪波道："到中央苏区的船已准备好了，随时都可以动身。"

在未见到叶剑英之前，卢伟良总感到拘谨、紧张，心想：剑英同志虽是同乡，但他是大人物，我可是一个小小的交通员，见了他该怎么讲话呢……谁知，一见面，感到叶剑英很亲切，没有架子，递茶递烟，和他讲起家乡话，问寒问暖的，让他很感动，说起话就自然了。

卢伟良在叶剑英那里坐了1个多小时，谈乡情叙旧。随后，叶剑英还让他的夫人带他去见住在香港九龙宋皇台的弟弟叶道英。他的母亲赞伯母，把卢伟良当成"胶己人"（自家人）了。

他们在香港办理离境手续时，国民党制造的白色恐怖气氛更为严重了。这时传来了中共广东省委军事部秘书长杨剑英被捕的消息。随即谣言四起，说什么"叶剑英被捕了"。

叶剑英听后，一笑置之。

卢伟良和叶剑英商量，敌人是什么事情都干得出来的，必须提高警惕，早日离开香港。于是他们抓紧办妥离港手续。这时，根据组织的安排，刚从苏联学习回国的蔡树藩（进苏区后任红五军团政委，1949年后任国家体委副主任）和陈友梅一同赴中央苏区。

离开香港那天，他们各自带着船票上船，免得引起人们的怀疑。

中午1时许，他们顶着炎炎烈日来到码头，叶道英陪同送别。

直到下午3时，日影西斜时，船才起航，叶道英依依不舍回去了。

船开后，卢伟良和叶剑英约定，为了不引人注意，装成互不相识的旅客，在船上几乎不做交谈。

第二天早上8时许，船来到汕头。

汕头是一个新兴的港口城市，人来车往，甚是热闹。他们登岸后，匆匆在一间小食店吃了一点早餐，即乘轻便火车往澄海去，在澄海鸿沟半埔地下交通站住了一晚。那晚，村子刚好在演戏，家家户户来往客人多，他们被当成前来看戏的客人，在古村里美美地看了一场潮剧好戏。

第二天上午，他们又沿着田间小路前往饶平县黄冈小城。直到黄昏，他们才进入黄冈小城小巷里一间咸什店，受到地下交通站一位年轻交通员的热情款待。

这小店位于黄冈小城西门喧闹的集市里面，门外就是一个繁荣的海鲜市场。晚上，主人端出了卤鹅肉、薄壳、大蚝、鱼丸等好菜，还温了一壶糯米酒，大家说说笑笑，吃了顿美餐。

深夜，小城静得让人发慌。叶剑英等人睡得正酣，突然"呼呼"两声枪声，卢伟良一骨碌翻身下床，潜到门边。这时主人点灯过来："哎哟，不知哪条商船又遭抢劫了！"

原来，枪声是远处传来的，是海盗抢劫商船的缘故。

这一闹，他们再没睡意了，干脆趁夜离开黄冈。他们走出了黄冈城，沿着赤坑、市田、四百岭的弯弯山道，经福建秀篆，拐往上饶岩下村进入了大埔的和埔。

经过一路的劳顿，他们感觉疲倦了。在一个小村外，他们见到有一垛稻草，认为是隐蔽的好去处。

叶剑英说："大家都辛苦了，歇息一会吧。"

为了减少赶路的疲劳，叶剑英一路上给大家讲解《红楼梦》里的人物，同时背诵了《红楼梦》里的诗词。如描写宝玉的一曲《终身误》：

都道是金玉良缘，俺只念木石前盟。空对着，山中高士晶莹雪；终不忘，世外仙姝寂寞林。叹人间，美中不足今方信；纵然是齐眉举案，到底意难平。

又背诵描写凤姐的一曲《聪明累》：

机关算尽太聪明，反误了卿卿性命！生前心已碎，死后性空灵。家富人宁，终有个，家亡人散各奔腾。枉费了，意悬悬半世心；好一似，荡悠悠三更梦。忽喇喇似大厦倾，昏惨惨似灯将尽。呀！一场欢喜忽悲辛。叹人世，终难定！

叶剑英讲解了《红楼梦》里一些有趣故事，引起大家哈哈大笑，顿然忘记了长途跋涉的辛劳。

其实叶剑英讲《红楼梦》不是随便说说，他原来是在赞扬贾宝玉的造反精神，批判王熙凤的两面派行径。

为了安全起见，无论如何，大家当晚就要赶到饶埔苏区（即红军十一军四十八团驻地）。于是，大家便加快了步伐，走到下半夜2点多钟，大家的确太疲劳了。恰好这时经过一个小村庄，村边有一间厕所，在厕所旁边堆着许多新打下的禾草，大家就席地休息。卢伟良因要放哨，保卫叶剑英等人的安全，一直不敢睡。看到差不多要天亮了，卢伟良便叫他们起来继续赶路。又跑了 20 多里路，他们进入埔东游击区，终于安全到达了县苏维埃所在地大埔和村。

县委负责同志饶龙光、贺遵道安排叶剑英等人在那里住了 3 天，县委派了一个班的红军护送叶剑英等人到中共闽粤赣特委所在地虎岗。到达虎岗时，邓发热情地招待叶剑英。

在虎岗住了几天，卢伟良又接受新任务要去香港。叶剑英写了几封家信，要他带给留在香港的家人，报告平安到达苏区的情况。当卢伟良再从香港回到虎岗后没几天，闽粤赣特委便派了一个连的红军护送叶剑英，以及逗留在那里的其他同志 30 多人，经长汀、上杭等地，到江西中央苏区去了。

四、帮助胡志明脱险

华南交通总站建立不久，还帮了越南共产党一个大忙，几十年后，越共总书记胡志明仍然感恩不尽。

事情是这样的。

一天，华南交通总站站长饶卫华神秘地向李富春和蔡畅大姐汇报说，他在街上遇到一件奇事：一个越南人总是盯着他看。走到僻静处，饶卫华拦住此人，问道："你为什么总盯着我？"那个越南人赶紧把饶卫华拉到了一个茶馆，告诉他在国民党清党时，胡志明等二三十名越南革命同志被逮捕了。胡志明就此对国民党提出抗议："孙中山先生主张全世界被压迫民族一律平等，团结起来打倒帝国主义。我们是越南人，为了抗法斗争来到中国，为什么要逮捕我们？"国民党反动派哑口无言，在舆论压力下，只好将越南同志驱逐到了香港。那个越南人还说他们现在失去了与共产国际的联系，生活十分困难，其中还有两名女同志。他们想找中国同志接上关系，一直没有找到。

李富春和蔡畅一听，深感问题严重，必须帮帮胡志明的忙。

其实，在留法期间，蔡畅就同胡志明结下深厚的友谊。那时，蔡畅为做好中共旅法小组的宣传工作，跳出旅法的圈子，在身边法国工人和留学生中广交朋友。在这个阶段，她结识了胡志明，并获得了终生友谊。

1924年11月，胡志明在莫斯科东方大学毕业后，受共产国际派遣，任苏联顾问鲍罗廷的翻译，来到广州，化名李瑞。1925年的一天，广州罗秀云医务所助产士、广东籍女子曾雪明到妇女运动讲习所找蔡畅，下楼时在楼梯拐弯处巧遇要上楼的李瑞。在不经意的礼让和对视之中，李瑞被曾雪明高雅的气质、青春靓丽的身姿深深吸引。他上楼后禁不住向蔡畅询问刚刚离去的少女的芳名及有关情况。蔡畅见李瑞对曾雪明情有独钟，便会意地介绍了曾雪明的情况，并与邓颖超一起做红娘，使这对有情人建立了恋爱关系，为胡志明的跨国婚恋成功地搭桥牵线。

当下，胡志明又遇到麻烦了。蔡畅听完饶卫华的汇报，随即让饶卫华到九龙塘去侦察，情况属实。越南同志住在九龙塘的贫民窟里，没有床，大家都睡在地上，连吃饭的钱都没有了。回来时，饶卫华带来了胡志明写给共产国际的一封信，托蔡畅和李富春转交。

蔡畅、李富春很快就把胡志明的信报送中共中央转共产国际。不久，经共产国际批准，恢复越南同志的组织关系。1930年年底，越南同志召开了第一次全国代表大会，建立了越南共产党。在香港期间，蔡畅、李富春和饶卫华他们都给予了关怀和帮助。①

数十年后，胡志明不仅感激蔡畅、李富春夫妇，也一直念念不忘饶卫华。

---

① 参见晋江艳：《蔡畅：中国共产党内德高望重的大姐》，《湘潮》2017年第4期。

第五章　汕头绝密站

一、静悄悄地建立了绝密站

1930年10月，周恩来与吴德峰落实了在香港建立华南交通总站的同时，又马上着手建立汕头绝密站。

周恩来对吴德峰说："我想必须在汕头另建一个交通站，这样，比拐到香港去，路程可省了很多。这事，我们要马不停蹄，迅速抓紧落实！"

位于粤东的汕头是一个著名的百年老港、百年商埠，为我国最早开放的港口之一，也是较早的移民口岸。汕头交通便利发达，华侨众多，对外交往密切，历来是粤东、赣南、闽西南的交通枢纽和商品集散地，是近代粤东政治、经济和文化中心。周恩来在大革命时期，曾参与领导两次东征到汕头，出任东江各属行政委员，主政东江，叱咤风云。八一南昌起义后，周恩来等率起义军南下潮汕建立了7天的红色政权，对汕头的人文地理了解较为透彻。他决定选择在汕头设立绝密交通站，并亲自指导汕头绝密交通站的建立和运作。

周恩来接着说："这个站是绝密站，应由中央直接派员去办。有党内重要领导人到苏区时，需由中央审定批准才能启用，平常负责提供苏区紧缺物资的采购、转运等任务。你琢磨一下派谁去办才合适？"

吴德峰经过一晚的考虑，又与交通局副局长陈刚商量，准备让中央外交科秘书黄玠然去找他的表姨丈上海中法药房经理，通过这一亲戚关系，在汕头开个中法药行分号，一可做掩护，二可为苏区提供急需物资，一举两得。吴德峰把这个打算向周恩来汇报，得到同意。两天后，即 1930 年 10 月 5 日，黄玠然的亲戚同意在汕头开分号，中央当日决定由陈刚负责筹办汕头绝密交通站。

陈刚，出生于四川富顺，1927 年 1 月参加中国共产党，1928 年到上海参加地下党工作，曾任中央提款委员。1930 年年底任中央交通局副局长，1931 年 11 月接任局长。

陈刚二话没说，旋即奔赴汕头。他无暇观赏南国海滨城市迷人的风景，埋头投入了繁忙的汕头绝密站的筹建工作。

陈　刚

他终于在镇邦路 97 号租下一栋三层楼的房屋，建起了绝密站。对外的中法药行分号规模搞得很大，像模像样地开张营业。从此，中央苏区所需的药品，许多都从香港、上海等地运到这里，又源源不断地从这里秘密地运到中央苏区。

忽然，有一天，中央交通局密令：香港林俊良叛变，被敌特派赴汕头，企图捣毁汕头地下党，将会殃及地下交通站，务必把他迅速除掉。

陈刚接到密令后，为了保证交通站的安全，决定处决叛徒林俊良。

林俊良曾任香港工代会秘书长，1930 年秋被捕在香港叛变，被派到汕头搞破坏。他是东江人，认识很多人，对党的威胁不小。

这时林俊良潜藏在汕头驻军里面。陈刚散布假情报，说中共东江特委派某个要员来到达濠组织暴动。果然，敌人如临大敌，连夜命令达濠守军戒严，派林俊良来认人。

敌人在关卡折腾了三天三夜毫无所获，当时林俊良的妻子已怀孕在身，身体受不了，需要到医院检查。他们开车带着林俊良夫妇来同济医院。敌人的营里有我方安插的人，医院周围已经埋伏好我军的枪手，只要他们下车，立刻就能让他脑袋开花。车到了，林俊良这只老狐狸只让他的妻子下车，自己却躲在车里。陈刚决定采取第二计划。林俊良夫妇在敌人那里所受的待遇并不好，陈刚假意要带他们逃离。当林俊良被带到山上时，他才知道陈刚等人是共产党的人。林俊良苦苦求饶，希望陈刚放过他。陈刚想到这可恶的叛徒害死了我党许多同志，于是毫不留情，当即将他枪决了。

…………

1930年年底，一天晚饭后，周恩来又找了吴德峰，说："德峰同志，汕头绝密站工作很不错，但近来敌人甚猖獗，万一出叛徒，这个交通站暴露了，我们就卡壳了。特别是随着形势发展，有越来越多的中央领导同志要到中央苏区，我想再在汕头设立另一个绝密交通站点以应急，你考虑一下人选和场地吧。"

吴德峰思考一下，就道："恩来同志，我的意见是结合中央苏区急需一大批电器材料的情况，开个电器材料行，您看行不行？人手方面，我认为陈彭年最合适。"

陈彭年，又名胡广富，山东济南人，1924年加入中国共产党。曾为法国华工，参加了中国共产党旅欧支部。回国后，在上海党中央特科工作。1931年1月调中央交通局任汕头站站长。

1931年1月中旬，临近年关的一天，陈彭年头戴礼帽，身着长袍大褂，手执文明棍，和交通员顾玉良、罗贵昆从上海乘船来到汕头市。他们在汕头市南京旅社住了半个多月，利用该旅社老板是罗贵昆老家梅县客家同乡的关系，在附近的海平路98号找了一座面临马路的三层房子，开了一家电器材料行，命名为"华富电料公司"。不久，他们制作了铜招牌，高高挂起来——中共中央交通局在汕头的另一绝密交通站点诞生了！

顾玉良曾回忆说：

当时，我们三人的特长：我做过生意，当过党内交通，所以知道一些生意的道理和党内秘密交通的经验；陈彭年在租界做过长期秘密工作，懂得黑社会的语言和活动方式，碰到问题他能解决。特别是他个子高，穿上长袍大褂，活像个资本家，所以他当做我们的"老板"。罗贵昆，在汕头有社会关系，是我们在汕头活动的翻译和媒介。

房子有三层，面临马路，但没有铺面。我记得从房子到海边码头还隔一道马路。有了房子，我们就动手张罗开铺的事情。首先，根据客观情况、主观条件和实际需要，确定建立一家专营批发代销、不搞零售的电气公司。然后，请人家制造了一块铜招牌，全称为"华富电器公司"，挂在大门墙壁上。还置办了一些家具，进行室内布置，把底层布置为经理卧室和一部分仓库，二楼布置作洽谈室，三楼作厨房、餐厅、杂物存放处和服务员卧室。并以陈彭年为经理，我为会计，罗贵昆为职员（负责联络交际工作）。并按当地惯例，雇佣了一位不到二十岁的青年，为我们烧水做饭及做杂事，名字记不得了，汕头人称他为"小公司"。这样我们的电料公司虽未举行成立仪式，但也为社会自然承认了。①

中央在汕头设立的第二个绝密站，位于汕头市海平路的繁华地段。两个绝密站单独开设，单线联系，互不知情。

中共中央至中央苏区秘密交通线汕头中站旧址

① 中共广东省委党史研究室、中共汕头市委党史研究室编：《红色交通线》，粤内登字D10299号，2009年，第152—153页。

汕头两个绝密站从建立到1934年10月中央红军长征为止，共护送200多名党的高级干部和重要人士，护送一大批物资上中央苏区，为中国革命做出了杰出的贡献。

二、东江特委的交通和武装押运

位于粤东的大南山，峰峦叠嶂、林木丰茂，终年浓雾萦绕。

这里是大南山革命根据地的旧址，也是当时中共东江特委的驻地旧址。

汕头交通站也是从上海、香港来往人员、物资进入中央苏区的枢纽站，得到中共东江特委的大力支持。那时大批的中央要人和物资、电器材要运上中央苏区，必须有武装人员秘密配合押运。于是中央就把这一任务交给中共东江特委。

这时，中共东江特委机关设于东江革命根据地的大南山。

大南山

大南山位于汕头市的西侧，海陆丰的东面，纵横百余里，连贯潮阳、普宁、惠来三县。这里的农民早在1923年就在彭湃等的发动下成立了农会组织。海陆丰苏维埃建立后，彭湃带领红军，在大南山的普宁、惠来一带，发动群众，开展武装暴动，扩大红色根据地。

此后，敌军对红军和农军的"围剿"更为频繁。1928年6月，红四师师长叶镛被捕牺牲，由师参谋长徐向前接任师长。由于红二师、红四师连续作战，给养困难，伤病员增多，减员日益严重，董朗、徐向前率红二师、红四师全体官兵先后撤离海陆丰，经香港转往其他地方去。彭湃也于1928年11月被中共中央调离东江，往上海任中共中央农委书记。此后，东江革命根据地的重心转向汕头市北面50多公里外的丰顺八乡山。

古大存于1928年年初领导五华县年关暴动后，为保存和发展革命力量，于5月间率领100多名党员和农军骨干，走上东江地区西北部的八乡山。经过半年艰苦斗争，取得了梅县畲坑暴动的胜利，后又与省委和东江特委重新取得了联系，在兴宁、五华、丰顺、梅县、大埔党组织组成的五县暴动委员会的基础上，经与揭阳、潮安党组织协商，成立了中共七县联委，古大存任书记。[①]1928年年底，八乡山、铜鼓嶂、九龙嶂的红色区域将近连成一片，初步形成了以八乡山为中心的革命根据地。1929年2月，在东江特委书记林道文率领下，特委机关转移到八乡山。八乡山根据地开始成为继海陆丰之后党在东江地区的又一个革命斗争中心。

1930年5月1日，正式成立东江苏维埃政府和中国工农红军第十一军，古大存为军长，兵力3000人，这标志着东江革命根据地正式形成。

1930年秋，原东江特委、军委从八乡山移驻大南山，直至1935年夏，驻扎长达5年之久。

中共东江特委和东江红军在保护中央秘密交通线上发挥了重要作用。

陈刚、陈彭年在汕头建立绝密站，站稳脚跟之后，就向中央报告情况，请求下一步工作指示。不久，中央通知要他们和中共东江特委取得联系，同时也指示中共东江特委帮助工作。中共东江特委先派交通员到汕头市南京旅社与罗贵昆取得联系，然后，交通员领顾玉良去找中共东江特委接洽。

---

① 参见中共广东省委党史研究室：《中国共产党广东地方史》（第一卷），广东人民出版社1999年版，第289—290页。

当时中共东江特委的负责人常往南澳岛。顾玉良和带路的交通员先到饶平海山去找，但没有找到。

顾玉良到饶平海山时，被介绍给当地党组织，并安排住在一个学校里。他在海山住了好几天，刚好碰上一家老百姓办喜事，说一定要邀请远客去吃喜酒，并安排他坐在上席。因不懂当地语言，他被弄得狼狈不堪，好在有几个教师陪席可做翻译。过了几天，带路的同志回来说，中共东江特委的负责同志在南澳，马上要见他。这样他就渡海到南澳岛，找到了中共东江特委书记。他们一见面感到格外亲切。特委书记是个高个子，清瘦有神，把枪放在桌面上，准备随时战斗，看来形势是紧张的。在互相握手问候之后，顾玉良向他汇报了情况，要求特委以后帮助从香港、上海到汕头来的物资转送到苏区。他完全答应了顾玉良的请求，并且商定了今后联系的地点、暗号和交通员。联系的地点就在汕头市的一个地方，交通员就是这次到南澳给顾玉良带路的同志。

联系妥当，顾玉良又从南澳坐轮船摇摇晃晃地渡海回汕头。从此以后，由上海、香港运来的大宗物资，都是经过交通站的联系之后，由中共东江特委的秘密武装护送到大埔青溪。

汕头交通站是绝密站，在护送中共领导人和国际友人上中央苏区方面，由绝密站直接护送，绝对不跟当地党的组织发生横向联系。在护送无线电器材、医疗器械、药品等中央苏区的紧缺物资方面，就大都要由中共东江特委派武装力量秘密押运，而每次押运这些物资均事先约定。

中共东江特委早已有一个纵横交错的地下交通网。1929年4月，中共东江特委为适应革命复兴的形势，决定设总交通局，建立上下结合的交通网。此后，各县委的交通网也逐步建立起来。1930年春，特委以八乡山为中心建立了几条交通线，其中有从丰顺通向揭阳桑浦山及汕头线，从八乡山经揭阳、普宁向大南山线。同年秋，特委移驻大南山后，又以大南山为中心建立了四条交通线，分别沟通同省委、汕头市委及各县委的联络；在潮澄饶地区，也先后建立了通往饶和埔诏县委和闽粤边特委的交通线。各县的交通工作也进一步得到健全、完善。

各线沿途都据客观环境和斗争需要设置交通站、点，构成一条秘密的通道。交通站、点多设在忠实党员或可靠群众的家，或以商店、果园等为掩护。交通员挑选也很严格，挑选从事行商、贩运、挑运、行船等适合于秘密交通工作职业的人担任。这条地方交通线冲破敌人的白色恐怖与重重障碍，也担负起传递文件、指示、情报、带送款项、物资等艰巨任务。

国民党当局广布特务、密探、侦缉，千方百计利用叛徒进行破坏，尤其企图在交通员身上打开缺口。1931年12月，中共广东省委要求全省各级党组织学习中央交通局有关严格党的组织、严肃党的纪律、加强秘密工作领导和工作人员的秘密工作训练的规定，作为党的组织建设的重要任务。中共东江特委和潮汕各地的党组织也采取了相应措施，一旦交通线被敌人切断或交通站受破坏，立即恢复、重建。绝大部分交通员忠于职守，前仆后继，不惜牺牲。如交通员谢金顺，1933年遭叛徒出卖在汕头被捕，受尽火烙等酷刑，仍始终坚守党的秘密。潮城交通员马西姆，1934年1月祖孙三代被捕（小孙子年仅9岁），她面对酷刑，毫不动摇。澄海下堡乡龙秋地交通站，1933年遭敌人破坏，双目失明的交通员陈惠丰在临刑前高呼："中国共产党万岁！""穷人自有血仇日！"16岁女交通员黄秋富被捕后，临刑前怒视敌人，视死如归，等等。这浩然正气，就是配合中央交通线的潮汕地区交通战士英勇形象的生动写照。

三、熊志华在汕头的惊险一夜

这是位于汕头市中心的南京旅社，夜晚灯火通亮，和上海大世界一样，是不夜之处。一次，由于汕头交通站事先约定的交通员出事了，从上海来的客人在这里度过了惊险的一夜。

这天，有一位神秘的青年汉子，一身商人的打扮，手提着一个四方的饼干盒，从上海乘船潜入喧闹的汕头市。这个神秘的人物是谁呢？他手提

汕头南京旅社旧址

的沉甸甸的饼干盒有什么秘密呢?

　　他就是中央交通员熊志华,福建永定湖雷镇人。他于 1929 年 5 月加入共产党,1929 年后任中央交通员。他的饼干盒里面装的是中央苏区急需的电台。

　　电台是重要军需物品,但是要把上海的电台运送到苏区却是困难重重。如何把电台安全送达中央苏区?临行前,熊志华端详着放在桌面上那笨重的东西半晌,终于灵机一动,拿了活板,三下两下,就把电台拆散了,把电台零件藏在饼干盒里。一路来到了汕头,在确认没人跟踪后,他就在昇平路的南京旅社住下,还特意买了一个当地特产的竹枕头。晚饭后,街头巷口突然布满军警特务,宣布戒严了。

　　回到房间后,他觉得电台零件藏在饼干盒里不够安全,马上取了出来,放进刚买的竹枕头里。竹枕头放在床上就像旅店里的枕头一样。到了晚上8 点多,警察来到他的房间搜查。很快他的房间就被弄得混乱不堪,唯独床上的枕头得以幸免。

　　到晚上 10 点多,他刚把房间收拾好,又有一波人过来,原来是宪兵司令部又来检查,他们气势汹汹地把房间翻了个遍仍然一无所获。

　　房间里杂乱无章,他已无心收拾。一天接受了两次搜查,是否敌人收到了什么消息？敌人还会再来几次？这样下去，电台放在枕头里也不安全。他正在陷于沉思，店里的小伙计来敲门了。伙计关心地说："王先生，你明早就要动身，还是先把箱子收拾好，交给我们栈房里去，那儿他们不搜查，省得再乱翻。"

他想这正是转移电台零件的好机会，道谢后把竹枕头连同行李一起交给伙计，顿时放下了心。夜渐渐深了，到了晚上12点，果然来了一批特务进行第三次搜查。这次搜查更仔细了，熊志华反而格外冷静，暗自庆幸已经把电台转移了，不然落在他们手里肯定人机两亡。这一夜，他再也睡不着。天一亮，他就离开旅馆，赶往车站向潮州出发。

后来，熊志华完成护送电台任务回到了上海。吴德峰告诉他，本来汕头已安排了交通员接应，但因叛徒出卖，那个交通员被捕了，幸得那旅店的小伙计是自己人；但是，使他受了这场惊险的考验。

四、红色交通线上的枢纽

汕头绝密站是中共中央至中央苏区的秘密交通线的中转站，不管从上海经香港至中央苏区，还是从上海至汕头往中央苏区，都必须经过汕头这个重要的关口。

汕头交通站是这条红色交通线上的枢纽中转站，在护送干部方面，共有三次。第一次是1930年冬至1931年春夏间，中央决定抽调一批干部至中央苏区工作，另外派至苏联学习的干部也陆续回国，这期间经汕头前往中央苏区的有叶剑英、任弼时、刘伯承、项英、左权、徐特立、邓发、张爱萍、伍修权等100多人。第二次是1931年4月顾顺章被捕叛变后至1932年，党中央及时转移疏散干部，经汕头进入中央苏区的有周恩来、邓小平、聂荣臻、李富春、蔡畅、邓颖超、董必武、李克农、吴德峰、钱壮飞等。第三次是1933年1月前后，中央机关从上海转移中央苏区时，经汕头进入中央苏区的有博古、刘少奇、陈云、李维汉、林伯渠、谢觉哉、瞿秋白、张闻天以及军事顾问李德等。三次总共 200 多人。

在输送物资上中央苏区方面，汕头交通站同样功不可没。国民党当局对中央苏区进行疯狂的军事"围剿"的同时，还对中央苏区进行经济封锁，造成中央苏区出现经济生活恶化局面。对此，党中央非常重视在物资方面支援中央苏区，特别指示在红色交通线沿途的香港、汕头、大埔以及邻近苏区边境，开设商店，利用合法经营，尽量采购和运送苏区急用物资。汕头交通站利用汕头作为港口城市商贸发达的有利条件，积极采购苏区急需物品送上中央苏区；同时，作为红色交通线上的枢纽中转站，上海、香港等地采购的物资也通过商业活动或社会关系形式托运到汕头，由汕头交通站设法，由中共东江特委派武装秘密护送，载往潮州、大埔、闽西，最后送入中央苏区。据不完全统计，通过汕头交通站先后输入中央苏区的食盐、布匹、电器、印刷机、军械等军需、民用重要物资有 300 多吨，为中央苏区的巩固、发展做出了重要贡献。

同时，还解送资金，帮助上海的党中央解决时艰。中央苏区输送往上海中央机关的黄金、白银等，大部分也是经汕头交通站，帮助解送至上海的。如汕头交通站站长陈彭年和交通员曾昌明、肖桂昌、卢伟良等都曾兼任中央提款专员，携带黄金、白银往上海。1931 年中央交通局局长吴德峰到中央苏区提款，一次就带走 20 万元；同年专职交通员曾昌明、肖桂昌往漳州聂荣臻部提取价值约 5000 元的金条。这些交通线上的战士，凭着勇敢机智，跋山涉水，克服了常人难以忍受的困难，闯过敌人重重封锁线，安全抵达上海党中央，解决了党中央经济上的燃眉之急。

第六章　大埔交通中站

一、虎口交通站

从汕头往中央苏区的另一个重要交通站是大埔交通中站，也是中央秘密交通线上的一个重要关隘站，又称虎口交通站。

从太平洋的出海口回溯流水淙淙的韩江，七弯八曲百余里水路，经汀江，再行数十里，在一派苍绿中，露出大埔青溪一座古老的客家土楼。这就是大埔交通中站。

潮州竹木门码头，是最繁忙的码头。从上游江西、闽西经大埔的竹木、木炭、木耳、香菇、冬笋、山禽……成船漂流而下，经潮州往汕头出海，或流入国内各地，或经大洋输向海外远方。从海外回归故土的潮汕和闽赣侨胞，跨渡重洋后，大都经这儿聚集，再乘着大小船只，迎着家乡清凉的山风，溯流而上，回到故里与阔别的亲人团聚。竹木门码头，湿漉漉的纹迹，是辛劳的边民悲欢离合的记忆。

大埔县地处广东省东北部，北面与福建永定相连，东北接福建平和，东南毗邻广东饶平，西南与丰顺、梅县相接，近邻福建上杭、诏安与广东的潮安。北部的青溪，四周层峦叠嶂，汀江自北而南，流经青溪入韩江，直奔潮汕通南海，汇入汪汪大洋。

大埔与闽西中央苏区核心区域山水相连，经水路和陆路都可以通往潮汕平原，处于国民党统治区和苏区的结合部。为了加强对中央苏区的政治、经济封锁，国民党派重兵在这里把守，故称此地为虎口。1929 年春，闽西地下交通线建立时，就在大埔青溪建立了地下交通站。

大埔交通中站设在青溪镇青溪村，这里原名叫里铺，是江边的小山村，地处闽粤边界，上连福建永定苏区，下通大埔县城茶阳，是国统区和苏区交接对峙地段。

这里有国民党重兵把守和严密封锁，国民党军队布满了交界的大小道路和村庄，还有土豪、劣绅、特务、叛徒经常穿梭活动。因大埔交通中站是设在国民党虎口下的秘密交通站，故称虎口交通站。大埔交通中站先后设有多宝坑、铁坑等若干小站，并在县城茶阳同丰杂货店、花果园柴炭收购站，以及在于灿昌、于金平等人的家中设置联络点；还在青溪沙岗头开设永丰客栈，在县城茶阳开设同天饭店作为小站。交通站有 2 条运输船，来往于潮州和大埔，为苏区运载物资。船工有余维邦、余家顺。如果货物多，就通知余良宜、余永菊和余永喜的私家船帮忙。

从汕头运来的货物到了青溪以后，交通站立即组织群众乘夜抢运，挑到多宝坑或铁坑转运到闽西。参加抢运担货的青溪群众最多时有几百人。

1929 年冬，闽西特委成立工农通讯社（实际就是交通线）时，在大埔青溪设立交通联络站。站址便是青溪沙岗头永丰客栈，站长蔡雨青，副站长杨献邻。同时设立多宝坑联络点，负责人邹日祥；铁坑联络点，负责人

中央秘密交通线大埔展馆

邹清仁；伯公凹联络点，负责人邱辉如。交通员还有谢美莲（蔡雨青妻）、余良晋、余家顺、余均平、余宣头、余川生、黄莲开等。

中央交通局成立后，开辟了从上海至中央苏区的秘密交通线，中央决定把原来所属闽西特委的工农通讯社的交通站点划归中央交通局领导，并把原交通联络站改为交通中站，各点改为交通小站。交通中站站址设于青溪沙岗头的余氏宗祠。

二、首任站长卢伟良

中央交通局成立前，卢伟良是香港交通站的交通员，常住闽西，担任闽西交通站至香港交通站这条线的秘密交通员。

卢伟良

1930年10月下旬的一天，闽粤赣特委书记邓发找他谈话，说："中央最近建立一条从中央苏区至上海中共中央的秘密交通线，中央交通局决定在大埔青溪设立交通中站，隶属香港华南交通总站领导，闽西交通大站兼管，主要负责粤东白区和闽西赤区的交通。接下来有一大批白区的干部要转移至中央苏区。上级决定你任大埔交通中站站长，你有何意见？"

年方二十的卢伟良听后，沉吟一下，挠一挠蓬乱的头发道："我年纪还轻，经验不足，怕做不好，是否……"

邓发马上鼓励道："你已经过数年的交通磨炼，组织经过认真研究，认为你是能够胜任的，你就大胆开展工作吧。先上任，很快中央交通局将召集你们各大、中站负责人至上海开会，再作具体布置。"

卢伟良一听，知道组织已决定，已没商量余地，便很快走马上任了。他上任后，日夜穿梭在这山青水绿、风景如画的乡野之间。溪涧里，大山里飘拂而来的清新空气，让他精神抖擞，如痴如醉。他拼命地开展工作。

因大埔交通中站基础较好，经过他的一番努力，很快就加强了各站点的建设，加强了交通员的力量。这时，交通中站就有了交通员黄华、江如良、孙世阶、邹日祥、郑启彬、邱辉如、余均平、余枳邦、余川生、余均开等。大埔交通中站建立了手枪队，驻在里铺余氏祠堂下横里余维邦家。武装交通员有杨芳、杨起超、邹清仁等，每人配备驳壳枪1支、手榴弹2颗、刀1把。他们的任务是配合中央苏区直接派驻大埔县青溪里铺村的武装交通队，保护来往干部的安全；在护送途中若遇到敌人时，实行游击小队防卫阻击，将敌人引向别处。

在加强交通员队伍建设后，卢伟良觉得目前茶阳必须增设一个交通小站。因为这段时间来，从白区经中央苏区的干部一批接一批，每批人数都在不断增加。他们上大埔后有的随即转乘小船直接到青溪岗头永丰店小站，有的则上岸后走路到永丰店，路程太远。如果在县城茶阳设一个站，一来走陆路的同志中间有一个驿站；二来可增加水路的一个站点，减少永丰站的压力，避免永丰站整天人员来往频繁，造成敌特注目，保证交通的安全。

于是，卢伟良就开始着手物色人选，经大家推荐，认为孙世阶最合适。

孙世阶是本地人，中共党员，在一所小学教书，23岁，写一手好字，机智灵活。

一天晚上，卢伟良到了学校，悄悄找孙世阶谈了让他设立茶阳交通小站的事。

书生气十足的孙世阶听了卢伟良的陈述，知道此项工作很重要，是党组织对他的信任，便答应下来。但他又犹豫道："卢站长，组织的安排，我绝对服从，只是要开设交通站，必须要地址，要经费，这……"

孙世阶

卢伟良胸有成竹道："经费无问题，中央交通局已拨经费让我们掌握，至于地址，我看最好选择临江边，船只上下方便。你是本地人，你就仔细踏勘一下，挑几个点比较比较。"

孙世阶听后就放心地到茶阳选址，最后，选择了几处，由卢伟良定夺。卢伟良选定在高坝街与神泉街交界处（今高福街与太平街交界处 3 号）。这房子是一间三层砖瓦楼房，右侧是汀江，离码头不足 30 米。真是太合适了！卢伟良当即拍板。他们决定开设一间饮食店，既是饭店又可住宿，既可正常营业解决开支，又以此为掩护，安全系数高，是接济来往同志的好站点。

于是，孙世阶下了一番工夫，经过半个月的装修，这幢小楼便焕然一新。

孙世阶还用檀木雕刻了自己书写的对联。

上联：同路同住共吃一锅饭

下联：天恩天福同饮一江水

横批：同天饭店

对联意味深长，是工对。

饭店开业时鼓乐喧天，鞭炮齐鸣，雄狮劲舞，好不热闹！茶阳及左邻乡村的头面人物共聚一起，酒杯叮当，真是开门大吉。

从此，这个同天饭店就成为茶阳县城的名店，宾客盈门，生意兴隆。

而暗地里，中共从白区至中央苏区的领导人却静悄悄地来到这山城小店，歇息后安全到达中央苏区。

…………

半年后，卢伟良又被中共闽粤赣边特委（后改为中共闽粤赣省委）书记邓发点名，要他护送 500 块光洋到香港，转达上海中共中央。

那天，邓发叮嘱道："这 500 块光洋，必须一个也不能少地送到香港我们的同志手中。"当时，一块光洋可以顶一头牛呀！卢伟良接过这沉甸甸的光洋，感到肩上的担子十分沉重。

如何把光洋如数送达香港呢？卢伟良想出了好办法：把光洋一个个串起来，分别在左、右两手臂上缠上 250 个，再用布条包扎起来。如果遇上敌人搜身，可以顺势双手高高举起，躲过搜身。

他穿上一身较窄的衣服在里面，外面又穿上一件对开襟衫，肩上用一根木棍子扛着一个小包袱，一身打工仔打扮。他日夜兼程，来到永定桃坑交通站时，已是深夜1时许了。他匆匆吃了些地瓜稀饭，又顺流经青溪码头直下潮州。

傍晚，卢伟良匆匆来到汕头市。这时他已经离开苏区6天了。他绑着光洋的手臂又痒又痛。

又熬了漫长的两天，轮船终于抵达香港。再过1个多小时后，就可以到香港接头地点了。这1个多小时，卢伟良不知自己是如何熬过来的。他手每摆动一下，光洋就扎在他磨烂的肌肉上，阵阵揪心的彻痛，霎地满头大汗。终于到了接头地点，一进屋，他就昏迷过去。

党中央派来接头的人立即解开他的衣服，只见那两只手臂的布条已和血肉黏糊在一起，结成凝固状态。他们慢慢地解开布条，再把绑在卢伟良手臂上的光洋一个一个地小心取下来……

后来吴德峰感叹说："交通员卢伟良一人孤身从闽西带500块光洋到香港，为避免敌人发现，他在自己两个手臂上各缠250个，外面再套上衣服。当时天气炎热，光洋把手臂磨破了，但卢伟良泰然自若，闯过重重难关，到达香港时，内衣都被血肉黏住了，真是太不容易了。"

不久，卢伟良就接到中央交通局通知，要他到局里参加紧急会议，中央领导要亲自跟他们面谈。他就于3月初乘船经潮安，转汕头、香港，直达上海。

在上海，他只见饶卫华、李沛群也应召来了。中央交通局局长吴德峰详细部署了中央秘密交通站的工作，周恩来会见他们，作了重要指示。

上海一行，让卢伟良工作思想明确，信心百倍，春风满面回到大埔，更扎实地开展工作。

然而，仅过半个月余，风云突变，香港地下党遭到破坏，叛徒林俊良被特务机关派到汕头，准备"剿灭"汕头地下党。没几天，潮安县也出了叛徒阿鹅，破坏了县委机关。阿鹅带着特务，日夜潜伏在车站码头，准备逮捕我党同志。

卢伟良因长期跑闽西、香港地下交通，叛徒认得他，而且这一带的熟人甚多，他感到工作很困难，危险性极大，怕发生意外，影响大埔交通中站的工作。经过反复考虑，他终于举笔向中央交通局写了一封长信，报告他上任半年来掌握的粤东的政治经济情况，尤其是大埔的政治情形、韩江水路情形、闽西政治经济情形、社会民主党情形、各条交通线路状况。然后，他提出了希望中央交通局从全局出发，另行安排他的工作的要求。

从下述卢伟良的报告中，我们可以看到他对党的忠诚和对工作的全情投入。

关于广东各县的政治经济情况

（一）各县社会政治经济状况

1. 潮汕是东江反动派最中心的地方，故驻军也比较多，侦缉队都有数百名，特别是叛徒经常有到车站前来捕拿同志。如前月，潮安海鹅叛变后，更加闹得非常厉害，把潮安县党、团负责同志捕去了五六个，把潮安过去县、区委所住过的地方通通去检查，把［被］他所捉去的农民二三百人，后来有些枪决，有些放了，有些叛变。故现在各车站都充满着叛徒们等候着。潮汕铁路过去是无检查，现在从汕头到潮安就要检查，从潮安到汕头没有检查。

2. 自从香港［被］破坏后，工代会秘书长林俊良夫妇即在香港叛变解回广州去，后来广州政府派他到汕头做侦探，因他是东江人，故东江同志大部分他都认识。同时过去在香港工作同志也很多他知道，如是他认得的同志，必须提防他。

3. 自从老杨到香港后，广州政府已知道他要到闽粤赣组织暴动，［任］总指挥，故叫潮汕各地防军和侦探加紧检查行人，故潮汕火车站即是此事发生后才产生出来的。

（二）韩江水路情形

韩江沿河地方市镇都有警卫队的设立。路线可通闽西的上杭、汀州、龙岩、永定、平和，东江西北的大埔、丰顺、梅县、蕉岭、平远、兴宁、五华、寻邬等地，不过此路来往人等，多数［是从］南洋回家的或官僚政客或在潮汕商家等，经常都有来往。有韩江营护送，大约每条船十多人，等一开船的时候即行检查。他们检查是很马虎的。电船来往，冬天水小，比较难行，春、夏、秋水大比较快些。不过春天货物或回韩江以上的人比较少些，因他出外人，年节多回家，春天出外找事做，商家春天少办货，故经常来往船只比较少些，不过他的船每天都有来往大埔、梅县等。

…………

（六）各路状况

1. 汕头至大埔方面都是坐船，因人情风俗关系，故此地多数出外往洋或军政界等，故来往大多数［是］很复杂的人。来往的人数多穿漂亮的衣服，因为他是回来的，一定有比较好的衣服穿起来。因为风俗关系，有所谓"大埔梅县人穿好衣服"，故行李也要带多点才像做官或出洋回来的人。

2. 饶平这条路，因土匪之多，这些土匪看你穿得比较漂亮些，都要把你捉起来，故此路走必然要像当地农人衣服一样，才不致发生问题。不然恐怕给他捉去，但生命危险少，不过他要你的钱便是，同时行李不能多带。

3. 汕头坐车到潮安，在火车头有检查，三等大洋七角六，二等增加一倍，头等增加二倍。潮安坐电船到虎头山下，即是铲坑，又名石下埋①，坐船三等二元半，二等五元，头等十元。潮安开船后韩江营即要检查，不过检查很马虎，同时士兵都是外江人。不过韩江这条路线最主要的就是起岸的，要我们去注意，因为这里隔很近七八里有警卫队，亦即是赤白交界地方。

4. 各路线长远画图可观。

———

① 应为石下坝。

5. 大站、中站、小站设置和几人负责：

（1）特委（闽西）大站，正主任蔡端，海丰人；副主任不知什么名字，我不知道；交通员七八人。

（2）湖雷中站，苏昌为主任，广州人；副主任还没有人负责；交通员二人。在年关请假回家，我从特委来时，他还没有［回］来。一方面因苏昌讲话［听］不懂，同时当地情形他也不明白，故交通仍然弄至一塌糊涂。县委帮助这一工作，完全说没有，要他帮助人来，说找不到交通员。你看全县三分之二赤色版图，县委要找一二个交通［员］都找不到，说起来真是好笑。

（3）龙岗小站现在仍然没有建立起来，不过他们区委比较负责些。这工作有人来往的时候，他可以派交通［员］送你，但在特委大站已决定龙岗设一小站，谁人负责，我是不知道的。

（4）埔北小站主任是雨青负责，交通员二人，并设立休息［点］二个，一交通员是客家人，由伯公坳到刀石下交通［员］，刀石下交通［员］是当地人。邹百祥①到伯公坳的小站，地址随时迁移，因为赤白交界地方也。

（5）由湖雷到黄岗路线有些现在才开始建立，如全丰、三梅州小角才开始派人去建立饶平这条中小站，大站派瑞兰去整顿后，即派人和他到香港讨论整个路线计划和经常派人来香港。

6. 经费问题、人材［才］问题，特委大站有讨论，现在正进行中，去整理各站。

我对交通工作意见：

（1）由总站经常找定交通员直往埔北、黄岗二处，要十人，至［最］低限度一月来往二次，才有办法快得来回。经济由总站负责供给。

（2）马上叫香港大站派人往北江［把站］建立起来。

（3）叫东江特委打通梅、寻路线，转到宁都去。

---

① 应为邹日祥。

（4）我的工作问题，做交通工作本是没有问题，但因潮汕很多叛徒做侦缉，和我们家乡反动派有些来往潮汕，故这条路走比较成问题一点。

卢伟良

一九三一年三月廿四日 ^①

三、吴德峰沿途踏探

卢伟良的报告呈上中央交通局之后，直至 8 月中旬，青溪秋意渐浓时，卢伟良才接到中央交通局通知他往上海去，说有要事商议。

是中央决定要调动他的工作了，还是别的重要事情？通知没说明，卢伟良忐忑不安地经过长途奔波后到达上海。

吴德峰跟他见面时，开门见山道："伟良同志，你的报告我们认真看了，研究了，认为你半年多来做了大量而卓有成效的工作，掌握了许多政治、经济、社会情况，很好！你的工作暂时不能变动。我们相信你的应变能力，你会处理好那里的复杂局面的，会把工作做好的。我让你到上海来，是想听听你对香港至闽西这一带交通的详细情况。中央有一位重要领导人最近要往中央苏区去。"

卢伟良挠挠蓬乱的头发，知道或许中央一时难以找到合适人选接替他的工作，也或许因为最近这位重要领导人要经过交通线，他熟悉情况，还不能马上离开。他知道当务之急是要把这位重要领导人安全护送上中央苏区，自己的事就由组织考虑吧。他意识到这位领导人不一般。半年多来他护送了数十名领导人到中央苏区，都没有这么郑重其事，他又不便多问，便道："局长，这位领导同志，最好不走香港线，香港最近形势严峻，还是直接从上海坐大船到汕头，再从汕头坐小火车到潮安，从潮安坐电船到大埔青溪。从汕头到大埔要让他化装成富商或绅士之类，体面些，那些检

---

① 中共广东省委党史研究室、中共汕头市委党史研究室编：《红色交通线》，粤内登字 D10299 号，2009 年，第 24 页。

查的警察狗眼看人低，对有身份的检查放松些。眼下，苏区政治保卫局已成立了武装保卫队，我们交通站也成立了地下武装，到青溪后，安全我是有保证的，请你放心。"

邹日祥

吴德峰听后，便满意地点点头。他又详细了解了一些细节，最后道："好吧，伟良同志，你就先回去吧。"

却说卢伟良从上海回到大埔时，时令已进入初冬时节。青溪漫山枫林红遍，天高气爽。忽然一天傍晚，下了一场滂沱大雨，洪水奔流。

这一晚，敌人包围了多宝坑交通小站，血染了这座山傍小屋。

原来，这一天，地下交通员杨献邻和另一交通员到虎市执行任务，被叛徒江立周及几个民团团丁发现，并跟踪到多宝坑小站。杨献邻前脚刚进门，江立周后脚就跟进来。杨献邻发现情况不妙，试图转头躲进山边，但这时交通小站站长邹日祥的母亲在里头听到动静，开门见是杨献邻，便连忙说："快，快，快！进门。"杨献邻迅速冲进去，而这时罪恶的枪声响了，"呼、呼、呼"，连续三声，邹日祥的母亲随即倒在血泊之中……

这时，邹日祥刚干完农活返回山径，听到枪声，马上飞跑回家，见母亲已倒在血泊之中，其妻子江崔英已泪流满面，正把家婆抱在怀里。

敌人见到飞跑而来的邹日祥，马上冲过去，把他五花大绑，押往县衙。

而跑进家里的杨献邻和另一个交通员，却在江崔英的掩护下从后门冲上后山脱险了。

邹日祥被捕后，卢伟良马上设法营救他。最后，邹日祥的姐夫、峰市商会会长出面斡旋，花了大洋买通官府，才把邹日祥保释出来。

一天，他们忽然接到通知，说中央交通局局长吴德峰不日将莅临青溪交通中站。

卢伟良一听，兴奋不已。吴局长日理万机，还抽空前来大埔交通中站，真让他喜出望外！

这天，吴德峰在香港交通员的陪同下，乘着木船，来到了青溪。

见到了卢伟良，吴德峰便微笑道："伟良同志，我一路上饱赏这青溪青山绿水，真如醉入桃源仙境一般。能在这儿生活、工作，真是过上神仙的日子了，我一来都不想回去了。"

"是呀是呀，这里真是一个好地方，可是……"卢伟良接过吴德峰的行李包，正要解释。

吴德峰截住他的话头道："我这次来，先经香港考察了一下，香港真是形势很严峻。往汕头住了一晚，汕头形势还好些。中央那位领导同志近日就要从上海启程了，我来青溪看看。"

卢伟良便把最近多宝坑交通小站被敌人破坏的情况向吴德峰作了详细的汇报。

听了卢伟良的描述，吴德峰对邹日祥母亲的壮烈牺牲深感悲痛，对交通站邹日祥一家舍己保护同志的大无畏精神深表敬佩。

他眉峰深锁，沉思一会，便对卢伟良道："看来，多宝坑小站已被敌人发现，暂时要停止活动，不能大意。你们要抓紧考虑一下，要重新开辟交通副线，如果此路不通，就要有一条通达闽西的交通副线备用。以后，上海到中央苏区交通线的任务还会很重的。"

卢伟良悄声道："这两个月我们已在秘密寻找线索了。"

吴德峰听后，点点头，又道："那么，如果最近中央领导要通过这里往永定去，走得通吗？有安全保证吗？"

卢伟良蛮有把握地说："上月江立周已被我们收拾了，敌方关键人物已被我们买通了，应不成问题。再加上我们手枪队兵强马壮，安全我们是有把握的。"

吴德峰一听，马上要他召集手枪队见上一面。

于是，卢伟良便把武装小队全体队员召集到交通小站。

吴德峰见他们个个是彪形大汉，精神抖擞，都佩戴新的手枪，队伍整齐，满意地点点头。

在青溪住了一晚，吴德峰同卢伟良谈了许多，叮嘱他一定要细心做好安排，保证中央领导同志上中央苏区的绝对安全，然后就放心地到闽西交通大站考察去了。

四、建立交通副线

吴德峰到闽西后，不久，闽粤赣特委书记邓发就通知饶和埔诏县委书记刘锡三到永定虎岗商议。

身患肺病的刘锡三和县委武装工作队队长张崇经过一夜奔波，经饶平岩下村终于来到虎岗。

邓发见刘锡三喘着粗气，咳嗽不止，连忙亲手给他倒了一杯开水，让他喝了。见他平定下来，邓发才对他说："不久前，那条中央交通线的多宝坑小站遭到叛徒、特务破坏，中央交通局局长近日到这里，要求我们配合交通大站，尽快建立一条交通副线，保证交通线畅通。我认为可以考虑从大埔、平和、峰市这里建一条新线，你具体同李沛群同志和大埔中站的同

饶平岩下村

志商量一下，尽快完成这项任务。"

刘锡三擦擦额头的汗水，道："邓书记，这任务我们会想尽办法尽快完成的。只是最近四十八团出了几个叛徒，整天在平和大埔交界山村，借着四十八团名义，带着民团四处追杀我们游击队和乡村干部，气焰嚣张。我们损失很大，县委和红三连损失也不小。现在最愁的是缺乏武器，手头的枪支都很老旧，不知特委能否拨些枪支给我们。我们就是开辟新的交通线了，也需要武装护送呢。"

邓发一听，凝思片刻，便道："锡三同志，我们分两头走，你同沛群同志他们配合，尽快把新的交通副线建立起来，武器我尽快抓紧落实。"

刘锡三回到饶平岩下村仅半月余，就接到邓发的通知，要他派武装配合大埔交通中站同志到潮州领枪。

原来，上海党中央通过关系购买了200支手枪，通知香港交通大站，要中共闽粤赣特委派人来领枪送上中央苏区。因中央苏区反"围剿"节节胜利，缴获敌人许多枪炮，不缺乏武器。邓发获悉后，请求中央苏区局把这批武器转送他们，加强地方武器装备。中央苏区局批准后，邓发就决定把这批手枪拨给中共饶和埔诏县委。

刘锡三接到通知，喜出望外，马上布置张崇挑选数名红军战士，配合大埔交通中站，到潮州城把这批武器运回来。

大埔交通中站这边，卢伟良站长出马带着熟悉水性的交通员余家顺、余宣良、余良顺、余继基，按事先约定于潮州竹木门码头同饶和埔诏县委张崇他们会合。

张崇如约到了竹木门。张崇同卢伟良早已认识，因大埔交通中站一些护送工作曾请张崇派武装队帮忙。他们点点头之后，便迅即来到潮州交通旅社，同潮州交通站站长老张接头。

老张把卢伟良拉到一边，悄声道："上海那边真有办法，通过疏通国民党警察高官，直接把枪运到潮州百货店，香港那边通知我们直接到潮州百货店提货。"

潮州交通旅社旧址

卢伟良点点头，就同张崇带着大家往潮州百货店去。老张领着大家把仓库里4箱装手枪的箱子搬了出来，用塑料包装好，大家便麻利地悄悄抬走了。

他们很顺利就把4箱手枪搬出竹木门码头。天黑时，余继基、余宣良跳下韩江，潜到船底，把绑紧4个箱子的铁钩搭在木船底下。大家放心地在船上睡了一个好觉。

老张混在码头人群中，见木船安全开去了，才放心地回到交通旅社。

却说刘锡三见到张崇等人带回的锃亮的新手枪，见到红三连战士兴高采烈地擦去手枪上的牛油，心里真像喝上蜂蜜一样甜透了。

他觉得必须抓紧落实交通副线一事了，便让张崇到青溪找卢伟良。张崇去了一天，晚上回来报告说："卢伟良昨天已上调中央苏区了，新的站长尚未上任。"

又过了数天，张崇获悉大埔交通中站新站长杨雄已上任了。

刘锡三大喜，并让张崇往虎岗去请李沛群到岩下村，一起商量副线的建立问题。

这天，闽西站站长李沛群、大埔交通中站站长杨雄都到齐了，刘锡三转达了邓发书记的指示。大家都认为建立这条副线很有必要，要尽快落实，才能确保中央和中央苏区交通线畅通无阻。

杨雄提供了一个重要线索：峰市商会会长是多宝坑交通小站邹日祥的姐夫，他同峰市警察局局长私交甚好。

刘锡三一听，喜上眉梢，马上委托杨雄找邹日祥谈，想方设法搭上这条线。

当日，杨雄便上多宝坑，把刘锡三的意图跟邹日祥说了。邹日祥二话没说，第二天便带杨雄到峰市找了姐姐。

邹日祥的姐姐一听，能帮弟弟为共产党做事，消灭国民党反动派，马上就答应了。

邹日祥的母亲死在国民党的枪口下，姐弟俩与国民党反动派不共戴天！因此，杨雄向邹日祥姐姐求助时，她就把这事揽下来。

她说："好，好，峰市警察局局长余灿祥是我老公的朋友，他妻子叫刘有英，我们常来往，我这就找她去。"

不一会儿，邹日祥的姐姐就把刘有英请到家里来。

刘有英踏进门，见有两个年轻人，便问："他俩？"

邹日祥的姐姐便介绍道，他俩是亲戚，做买卖的。他们以后做买卖要常从峰市经过，请她协助。

刘有英咯咯地笑着说："可以带嫂子一起发财吗？"

杨雄赶快接嘴道："当然可以，有钱一起赚嘛！"

邹日祥姐姐补充道："嫂子嘴可要牢，不能告诉警长大人啰。"

刘有英爽朗道："我才不理他呢。他搞他的私房钱，老娘也要搞点私房钱，不要老看他的脸色！"

邹日祥姐姐嘻嘻笑道："嫂子，赚了钱可别忘了请客啰！"

…………

离开峰市后，杨雄和邹日祥回到大埔，马上向刘锡三汇报。刘锡三甚喜。不久，这条交通副线就启用了。

过了两天，中共闽西特委交通员送文件到中共饶和埔诏县委，经峰市时，先找了邹日祥姐姐，她立即带去见刘有英。

那交通员说，要到埔东做一笔生意，陪送他到大埔境内就行。刘有英觉得不是难事，就大大方方陪着交通员上路了。街上的巡警看着警长夫人带着陌生人，不但没去检查，还向她点头微笑。进入大埔境内后，交通员就按约付给了她报酬。

刘有英满心欢喜地哼着小调，晃晃悠悠地回峰市去。

从此以后，这条交通副线上，护送文件、物资都拉上刘有英。后来，警长余灿祥发觉这条共产党的地下交通线是从闽西走向大埔，但由于其妻参与，他怕受连累，故假装不知，睁一只眼闭一只眼。这条交通副线一直保持畅通。

五、青溪畔的惊险故事

中央苏区每年需要价值900多万元的盐和660多万元的布匹以及大量药品、电池、电缆、电器、军械等物资，大部分从国民党统治区进口，再经由中央地下交通线沿途的香港、汕头、潮州到大埔青溪站，再由大埔青溪革命群众组成的运输队，运送到中央苏区去。

大埔交通站备有自己的船。船晚上11点上货。船主把竹帽放在船头撑杆，货上完了就拿掉竹帽。有竹帽的船，交通员就知道是自己人。货急时，就加钱叫火船拖。经常运的货有洋油、硝酸、报纸，也有布。大水坑棣萼楼是青溪交通站的秘密仓库，他们运送的部分物资就存放在这里。一天，这里发生了有惊无险的一幕。

这天傍晚，地下交通员余枳邦正领着十几个壮汉忙着往楼里搬运一箱箱、一捆捆的货物。村里那个平日里游手好闲的刘足卿突然出现在棣萼楼前。"你们这里这么热闹呀！你们往里面搬的是什么宝贝呀？"一双鼠眼贼溜溜地看着他们。"这是我亲戚从山那边拉过来的烟丝和土纸，先存放两天。"余枳邦警惕地看了他一眼。刘足卿鼠眼一转就无趣地溜了。

大埔大水坑棣萼楼

这刘足卿好赌，手里正缺钱，于是他摸黑快步往大埔县城赶去。一到大埔县城，刘足卿就溜进了国民党大埔县政府向县长梁若谷告密。梁县长立刻派县大队几十号人跑步朝大水坑村方向而来。因为地形不熟，结果误跑到附近的三方村。

三方村的小学教师刘光谱是共产党员，他见状马上联想到大水坑的物资仓库，估计白狗子们是不会放过大水坑的。他当即吩咐他的妻子赶到大水坑，将三方村的情况告诉大水坑的地下党员李庆。李庆接到三方村送来的情报，三步并作两步急急赶到余枳邦家。"大事不好了，县里的白狗子们来搜查了，大伙快把棣萼楼物资搬到北山炭窟洞里。"余枳邦立刻一边下令叫人去通知其他人来帮忙，一边抓上扁担、麻绳迅速赶到棣萼楼。一会儿又有20多号人赶了过来。他们担的担，抬的抬，不到一刻钟，几十箱电池、手电筒、火柴等物资便被安全转移到山背后的炭窑中。

三方村的国民党大埔县大队发现走错了地点后，急忙掉头赶到大水坑。他们包围了棣萼楼，对里面进行了全面的搜查，结果什么也没找到，只好灰溜溜地打道回府。回到大埔县城，大队长把怒气全撒在刘足卿身上。这个平日不务正业的刘足卿，本想通过告密捞点奖赏抵赌债，没想到却落得个皮肉之苦。

余均平、余川生、余枳邦他们3人是负责为交通站来的客人带路、挑担行李的。他们也是不平凡的交通战士。1936 年，因邻村叛徒告密，3 人被国民党驻军陈绍武部杀害。

1933 年夏，在对面的山路上，还发生了一个惊心动魄的事件。

当时是曾昌明任交通站站长的时候。据他回忆，大埔青溪站 2 名交通员带文件入苏区，他们夜行日宿，爬山过岭，不走大路走小路，绕着山前行，躲开敌人的碉堡，神不知鬼不觉。这一夜，他们远远望见一营敌军，看样子正要前来搜查交通站。两个交通员一看，情形十分危急，回去通知已来不及，而且本身任务很紧，不容拖延。于是他们立即选择好有利的地形，机智地埋伏下来，待敌人走近，他们两支匣子枪同时发射，居高临下，一下就打死了十几个。敌人遭到突然袭击，顿时惊慌失措，一面胡乱发枪，一面四处逃窜。后面的敌人听见枪声大作，又见前头的人溃退，于是掉头就跑。交通员还虚张声势大喊："包抄上去，别放跑了敌人，左冲锋，右冲锋！"敌人看不清我军有多少人，以为中了埋伏，慌忙夺命逃跑，不少跌落山沟深谷。交通员却悄悄走了，没有耽误任务，又给交通站报了警，及时转移。第二天，敌军派一团兵力准备与游击队较量，谁知一个影子都没有，只好把一堆尸体抬了回去。

六、血染青溪

这里是设在县城茶阳的重要交通小站的旧址，叫同天饭店。

从青溪到茶阳有 30 里水路，汀江流到这里骤然变宽。茶阳过去是大埔县城，是政治经济中心，现在的马路、小楼还残留以往的繁荣格局。当年，为了"防匪防共"，国民党在这里重兵把守，但是红色交通线却从这里安然通过，地下交通站也在敌人的眼皮下频繁活动。从青溪来茶阳接人的交通站小船停在茶阳对面的排头坝，听到远处有电船的汽笛声，就立即驶出江面，靠近电船边。交通员敏捷地把从上海、香港来的干部从电船接到小船，避过埔城检查、隘口刁难。

1931 年年初，大埔交通站站长卢伟良指示当教师的共产党员孙世阶在靠近茶阳河边码头的地方开设同天饭店，作为交通站的一个落脚点。同天饭店位于闹市之口，依山傍水，三面环山，一面朝水，闹中取静。同天，意为与天一样长久。大门口的对联是孙世阶自己写的。这个同天饭店可真是红军交通的"尖兵"，敌人的"钉子"，如同一个楔子，插在敌人重兵把守的县城——茶阳。1931 年冬，有一批货物从香港运往闽西苏区，经过汕头市时，汕头交通站组织了 2 艘木船运载，但货物过重，木船走不动，改用电船拖到茶阳，存放在同天饭店，之后再由交通站小船驳运到青溪转苏区。

1932 年，邓颖超和项英的妹妹项德芬以及余长生 3 人，在闽西交通站站长李沛群的护送下进入中央苏区，其间在茶阳同天饭店受到孙世阶热情周到的接待。此后不久，因国民党政府怀疑其参加革命活动，孙世阶被捕入狱。他在家人及党组织营救下出狱。次年，他再度被捕入狱，但在狱中没有丝毫透露党的机密，后经家人和组织的一番营救出狱，继续从事交通工作。

1935 年，因叛徒告密，国民党军向青溪"进剿"，不少同志被捕，当地群众也受到了一场浩劫。大埔交通中站副站长郑启彬被出卖，不幸被捕，受尽折磨，宁死不屈。7 月，孙世阶在茶阳堂屋路上被捕。在狱中，国民党当局软硬兼施，孙世阶坚贞不屈。次年 2 月，茶阳的一个圩日，孙世阶戴着镣铐，被押往刑场。在行刑前，他高呼"十八年后又是一条好汉""中国共产党万岁"，英勇就义。

…………

当年青溪坪沙中心小学的旧址，虽然时过境迁，而英魂犹在。

1934 年 9 月，中央苏区第五次反"围剿"。战争异常惨烈，根据地范围 20 余县也只剩下长汀、瑞金、于都、兴国等几个县，形势万分危急。国民党对交通线也更为猖狂地破坏。敌人派出军统特务连长丘麟和丘达甫、丘刚甫 3 人到大埔青溪侦察，妄图破坏交通线。他们摸进了青溪附近的坪沙中心小学。

校长袁旭华以及一些教师都是共产党员。傍晚时，袁校长派一名老师向交通站站长曾昌明报告情况。"不好了，有3名特务来学校侦察情况，想破坏我们的交通线。"曾昌明摸了摸腰间的驳壳枪说，"好，一定要让他们有来无回！"

晚上，演出开始了。一场"空城计"上演，台下观众被精彩的剧情所深深地吸引。这时丘麟、丘达甫喝得半醉摇摇晃晃地在叫好，还有一个丘刚甫没有来。戏已接近尾声，曾昌明便下令开始行动，干脆利落地干掉了2个特务。

为了避免被敌人发现，他们故意把现场搞乱，伪装土匪来谋财害命。第二天，丘刚甫带兵来坪沙报复，抓了十几个青年及坪沙中心小学校长等多人。校长袁旭华、教导主任袁立之、最年轻的教师陈占勇等人在狱中坚守交通站的秘密，被敌人杀害了。

⋯⋯⋯⋯⋯⋯

广东省博物馆于1973年夏在闽粤边境的大埔县青溪乡征集到一块半个世纪前的"永丰客栈"木匾。木匾上的油漆已经脱落，但"永丰"两个字仍清晰可见。当年，这块普通的旧木匾，吸引了一批批党的精英人物。这里，可是他们千里旅途的安全驿站啊！

1930年10月，中央交通局建立后，组织就决定建立大埔交通中站。此后，站长卢伟良经过详细考察，就定址为永丰客栈。

永丰客栈在青溪镇上的一条小街靠东头的第二家客铺。店主余良晋是地下党员，身材中等，头戴一顶碗线帽，他的头发从鬓角下来与下巴胡子几乎连起来，大家都称呼他余伯。他终年靠卖豆腐为生，其妻子黄莲开也是革命群众。永丰客栈建成交通站后，随即把店里二三层改为客栈，房间有后门可直通后山，有紧急情况时可从后门逃脱。因余家豆腐做得嫩，且价钱公道，人缘好，村里乡亲都愿意到他的店里买豆腐，窗台前面的地板被踩得凹下一个足有3寸深的小坑。

　　建立交通站后，余伯和他的妻子以及 16 岁的女儿就全身心投入了党的交通工作。交通站长卢伟良和几个交通员就住这里。一楼仍是余伯卖豆腐。余伯一家平常要么在一楼卖豆腐，要么在房前房后浇肥种菜，为交通站望风。为了掩护交通站，余伯一家在革命的烽火中经历了一场又一场的严峻考验。在敌人几次的搜查中，面对黑洞洞的枪口，余伯一家人毫无畏惧，镇定自若，没有被凶残的敌人所吓倒，沉着、机智地渡过了多次险关，保护了交通站的安全。

　　永丰客栈从 1930 年到 1934 年春，先后护送了 200 多名干部进入苏区。其中除周恩来、叶剑英、邓颖超之外，还有邓小平夫妇、刘少奇、项英、任弼时、伍修权、李德等。交通站自建站到 1934 年中央红军长征止，从未发生过事故。

第七章　闽西交通大站

一、李沛群上任

闽西永定拥有世界独一无二的生土建筑群——奇特的客家土楼。永定深山沟里的虎岗的一座客家旧屋，就是当年中共闽粤赣特委所在地和闽西交通大站所在地。

闽西交通大站旧址

1931年春，在一个细雨蒙蒙的清早，虎岗那座古老的客家大院，来了一位清瘦而显得精干的20多岁的青年汉子，他就是从上海应调而来的新上任的闽西交通大站站长（也称主任）李沛群。

李沛群，广东饶平人，1926年加入中国共产党，参加了省港大罢工和广州起义。他曾任中央交通员，上任前是中共广东省委发行科科长兼管交通科工作。

李沛群侄孙李大普在其故居，对参观者介绍说：这里是叔公（叔祖父）

李沛群的家，他小时候就住这儿。那时候家里穷，靠着他父亲搭蜊养活一家人。家里有 9 口人，生活艰难。他是家里的长子，早早就挑起家里的重担，8 岁时就上山放牛、拾柴火和带弟弟妹妹。从小他就喜欢读书，村里有间私塾，每次有空他就跑到私塾外面听先生讲课。去的次数多了，先生见他好学，便主动让他父亲送他进私塾免费读书。他自知机会难得，每日一有空便用功读书，成绩也不输给别人。

饶平县在 1907 年爆发了孙中山领导的著名的潮州黄冈起义。李沛群懂事后常听长辈讲述黄冈起义的革命故事，革命者的大无畏革命精神教育了他，使他很小就萌发了民主革命的思想。

1921 年春节后，他便随一位乡亲离开家乡，经汕头、香港到广州寻找生活出路，从此踏上了革命征途。

1930 年 10 月，吴德峰经过反复挑选，经周恩来同意，决定调中共广东省委发行科科长兼管交通科工作的李沛群任闽西交通大站站长。

然而，中共广东省委发出通知之后，却迟迟不见李沛群来上海中央交通局报到，是什么原因呢？

原来，中共广东省委接到中央通知之后，经研究，决定调中共惠阳县委的一位负责人陈汉英接替李沛群的工作，但拖缓了四五个月陈汉英仍未接任。吴德峰只得让中共闽粤赣特委先行安排蔡义昌负责闽西交通大站工作。

这时，中共广东省委发生了一场大灾难。1931 年 1 月，由于省委交通员莫叔宝被捕叛变，从 1 月 14 日至 18 日，省委组织部、宣传部、秘书处、电台等十多个机关和中共香港市委相继被破坏。省委书记卢永炽、宣传部部长林道文、农委书记兼组织部副部长陈舜仪、军委书记杨剑英、香港市委书记张家骥等 50 多人被捕，只有组织部部长李富春幸免。省委机关被破坏后，李富春组织了以他为书记的临时省委。[①]

---

① 中共广东省委党史研究室：《中国共产党广东地方史》（第一卷），广东人民出版社 1999 年版，第 340 页。

3月中旬的一天，李沛群接到李富春通知，要他到香港见面。李沛群依约来到李富春的家门口，只见李富春4岁的小女儿小特特在门外蹲着放哨。他是熟客，小特特认识他，便懂事地把他带进家里，喊道"爸爸，李叔叔来了"，然后，又回到门口放哨。

李富春见了李沛群，向他转达了吴德峰的工作指示。李富春这次去上海党中央汇报工作，吴德峰问他为何李沛群还没到中央报到，他陈述了最近广东省委机关被破坏、工作暂停的情况。吴德峰要求他到广州后，马上通知李沛群立即赶赴上海，接手中央交通局的重要工作。毕竟李沛群在广东省委机关多年，叛徒都认识他，继续滞留很危险。

李沛群听后，毫无二话，道："我服从组织安排，明天就出发！"

其实，1929年年底，李沛群就被调任中央外交科交通员，那时，吴德峰任科长，对李沛群很了解。

李沛群出身渔民家庭，因家穷，勤奋好学，具有惊人的记忆力。沉默寡言、办事稳妥、工作出色，吴德峰很喜欢他。

那时他在外交科任交通员，邓小平任中共中央秘书长，分管交通工作。李沛群上任半年多，每月都跑香港一两次，共跑了20多次。1930年年初，他才被中共广东省委要回广东任省委发行科科长兼管交通科工作。料不到，仅仅1年多，他又要回中央交通局了。

3月下旬，李沛群从香港来到上海，走进了喧闹的静安寺街11号，中央交通局临时所在地。

进了中央交通局，只见饶卫华、卢伟良、潘先甲都在场。

交通局局长吴德峰、副局长陈刚，还有肖桂昌都在座。

吴德峰见到李沛群风尘仆仆而来，高兴地站起来，道："沛群同志，你是二进宫了，真是千呼万唤始出来啦，怎么搞的？"

李沛群正要解释，吴德峰摇摇手，沉痛地道："我们知道了，李富春同志已说了，这次广东党组织损失严重，说明我们的交通工作很重要，交通员素质很重要。一个交通员莫叔宝叛变，就让50多名同志被捕，整个省委机关瘫痪，这可是血的教训啊！"

见人都齐了，吴德峰就接着说道："这次请大家上中央来，让各位负责上海党中央到中央苏区交通线的工作，是中央交通局经过反复挑选的，有的还是周恩来同志亲自点名，全部经他审定同意的。事不宜迟，饶卫华、卢伟良同志已上任数月了，沛群同志刚到，我们今天当面把工作交代清楚，大家马上就回到各自的新岗位，尽快把工作做好。等会儿，向忠发总书记、周恩来同志还要跟大家见面呢！"

大家听了吴德峰的讲话，知道中央建立这条秘密线是下了决心的，都知道新工作责任重大，而感到党对自己的信任，心里都激动不已。

过了一会儿，中共中央总书记向忠发，中共中央常委、军委书记周恩来走了进来。

饶卫华、李沛群、卢伟良在中央工作过，都认识向忠发和周恩来。

周恩来见大家都应调迅速而来，很是满意，便朝向忠发点点头，开门见山道："大家一路辛苦了，都准时到达了。中央和中央苏区的秘密交通线很重要，正像毛泽东同志来信所说的，是中央与中央苏区的血脉，血脉不流通，人就要死亡。这条交通线是共产国际提出要求，中央政治局讨论决定建立的。眼下中央苏区形势发展很快，需要大批干部，共产国际要求要我们输送白区 60% 的干部到中央苏区去。这么一来，各个交通站要护送、联络、保证这批干部安全到达，你们肩上的担子重啊！"

向忠发轻咳一声，弹着 9 个指头："中央对交通工作历来很重视。这次我们除精心挑选交通线的负责人外，也加大交通经费的投入。""中央拨给交通局、线、站的经费，别的部门即使死了人没钱买棺材，也不能动用。"①

…………

① 中共福建省委党史研究室、中共龙岩市委党史研究室等编：《中央红色交通线研究》，中共党史出版社 2015 年版，第 88 页。

周恩来等的指示，真让李沛群他们备受鼓舞，满怀信心，满怀豪情，第二天就分别坐船回香港，千里赴任。

李沛群一行共有4人。卢伟良要回大埔，与他同行的还有中央派往苏区工作的贺诚和梁广。他们千里奔波，坐船过渡，跋山涉水，好不容易来到了大埔。卢伟良就留在大埔青溪，李沛群陪着贺诚和梁广，又走了一天一夜的山路，终于来到了永定虎岗，见到了特委书记邓发。

邓发和梁广在香港中共广东省委工作时已相处过，是老熟人。贺诚是贵客。那晚，邓发热情地招呼大家吃了一餐香喷喷的客家菜，还让大家尝了陈年的客家娘酒。

别具风味的客家菜和甘醇的娘酒，为大家驱散了千里旅途的疲劳。

梁广、贺诚离开虎岗之后，邓发就对李沛群说："沛群同志，欢迎你来闽西，我们又一道工作了。你以后的担子可不轻啊，我知道你在广州起义时，任过区中队指导员，工作认真负责，有能力。以后，这闽西交通大站就交给你了！"

李沛群道："邓书记，您放心，我会尽力而为的。"

邓发说："你未来之前，我安排了蔡义昌同志负责。你晚上就同他交接一下吧。"

李沛群听后，点点头。

那晚，蔡义昌愉快地同李沛群交接并详细介绍了交通站的情况。

听了蔡义昌的介绍，李沛群知道他们这几个月做了大量的工作，打下良好的基础，心里很满意，连声赞扬。

李沛群接任后，经过一番艰苦努力，终于配齐了交通员，建好了各中、小站，并且建立了武装手枪队。至此，闽西交通大站有50多人，20多支手枪，交通员有张发春、雷德兴、阙××、王德洪、赖奎贤等。

当时，闽西交通大站负责传送的任务地段有从永定至上海线：永定—青溪—大埔城—潮安—汕头—香港—上海；从青溪至永定：青溪—多宝坑—铁坑—伯公凹—桃坑—永定；从永定至瑞金：永定—大洋坝—坑口—白砂—旧县—南阳—涂坊—四都—茶坑—瑞金。最后这段路程约330里，需要走七八天。

中途中小站的分布为：由青溪交通中站多宝坑、铁坑两个小站便至伯公凹，约50里路程。上伯公凹属大埔地界，由这里到闽西地界的下伯公凹仅3里。下伯公凹设有交通小站，站长邹清仁。再走约20里便是桃坑小站，原长治乡苏维埃政府主席邱辉如担任站长。桃坑有20多户人家，交通站就设在村边山脚下的一栋房子里。从桃坑再走20里，就是永定城关交通小站，站长是张发春。合溪交通中站离城关小站有20多里，站长是苏昌。由合溪走20多里，越过一座很高的雪袍山，便是虎岗——闽西交通大站。由这里出发经八九站到达瑞金。整条交通线有大站、中站、小站，联络地点做到城市有店家、水上有船工、农村有站点，部署得很周密。

二、去中央苏区提枪

却说李沛群同蔡义昌交接完毕，李沛群走出村外呼吸山村新鲜的空气。只见虎岗坐落于四面大山之中，山高林密，巉岩峭壁，东面露出一个缺口，阵阵清凉的山风吹来，沁人肺腑，令人感到舒畅无比。

刚到巷口时，他却意外地碰见饶平同乡徐海。

李沛群惊喜地问："观澜兄，你怎么也在虎岗？"

徐海一见李沛群，高兴得跑过来搂住他："我已听邓发书记说，要调你来闽西，想不到这么快就来了。"

徐海是饶平海山岛石头村人，原名观澜，饶平县瑞光中学毕业，1924年入党，曾任海山区党支书。1927年9月撤往暹罗、越南，年末潜入南澳岛，以振云小学教师身份为掩护，发动渔民革命。1930年5月在八乡山参加东江工农兵代表大会，1931年春，东江苏维埃失败时，同红十一军四十八团团长李明光、方方、萧向荣一起进入中央苏区，任闽粤赣军区军委秘书长。

他乡遇故知，两个海山小同乡从小一起读书，赶小海，这时异乡相见，免不了乡情缠绵。忽然，李沛群想起一个人，问："观澜兄，那个郑则保现在在何处？"

徐观澜诧异地说："你还记得郑则保？"

李沛群点点头："他给我写过信呢。"

原来，两年前，李沛群在负责中共广东省委交通时，曾走省委和东江特委这条线，一次汕头因叛徒、特务破坏，与中共东江特委联络中断。李沛群身上带着省委重要文件和红色印刷品，怕发生意外，便机智地带到饶平海山老家销毁。文件处理完毕后，他就到海山岛黄隆乡见在那里教书的弟弟李沛霖，巧遇徐海和郑则保。那次接触，他对机智、勇敢、年轻的郑则保印象很深刻。两年来一直没听到徐海、郑则保的消息，李沛群担心他们的安全，便在省委于香港所办通过海关送内地的《香港小日报》副刊"读者之园地"上，以笔名"彗星"发表《一封未发的信》致"B君"，曰："1928年会见后，我在省城长大，参加广州事变（指起义），不知君今近况，甚念……"郑则保竟然见报，遂通过李沛霖获悉其哥在港住址（一个工友家），一个月后给他去信，说："看到你报上文章，很高兴。我和徐海还在潮汕铁路、浮洋一带工作，请放心……"这次同徐海相逢，李沛群就想起了郑则保，不禁打探其下落。

徐海叹息一声，沉痛道："小郑牺牲了，在南澳渔民暴动中牺牲了。"

李沛群一阵唏嘘。

…………

7月的一天，邓发告诉李沛群："沛群同志，中央苏区局来通知，要我们派人往苏区局领款和武器。你同徐海同志，多带几个人，明天就往中央苏区局领款领枪吧。"

第二天清早，李沛群、徐海带上邓发的警卫员朱士华、徐海的警卫员王五保，4人从虎岗出发。

当时路上不宁，常有民团、土匪、保安队作乱，故中共汀连县委派了一连武装人员护送他们安全通过涂坊到四都这一带游击区。

他们顶着炎炎烈日，风餐露宿，历经艰辛，一天走了60多里路。过了江西瑞金、宁都，走向西北东固，他们却遇上我军撤来，知敌人开始第三次"围剿"，中革军委已撤走了；只得再经周折，走了近月时间，才抵达兴国县龙岗，见到了项英、任弼时、王稼祥、叶剑英、左权等，由总供给部部长杨至成将款和枪支、子弹发给他们。

李沛群领了几万元的金、银、铜币、大银元，徐海领了1000多支长枪，每条长枪配一箱（500发）子弹，由当地县、区政府派民工挑运。

他们心满意足地返回永定虎岗。

当他们走到接近瑞金的山坡，巧遇中革军委秘书长欧阳钦。

在中央机关工作时，李沛群就与欧阳钦相处过，这时欧阳钦被中革军委派往上海中央汇报第二、第三次反"围剿"战况。

欧阳钦见李沛群，便风趣道："沛群同志，我们有缘啊，同行吧！"

于是，李沛群、徐海就同欧阳钦结伴而行，直往永定虎岗而来。

这时正是立秋时节，秋阳烈如虎。徐海因长途跋涉，刚踏进瑞金城就一阵呕吐，而且腹泻，已无法走路了。李沛群急忙雇了当地民工，用担架抬，走了2天终于到了闽西的四都乡。欧阳钦马上联系当地红军一座后方医院，请医生抓紧治疗。

因身上背着党的经费和武器，李沛群怕路上有风险，便安排王五保留下来照顾徐海，他们抓紧赶夜路回虎岗。

临别，李沛群走到徐海床前，叮咛道："观澜兄，你好好疗养，我把东西送回虎岗后，再回来接你。"

徐海若无其事道："沛群，我没事的，疗养几天就好了，你们就放心回去吧！"

李沛群从身上拿了几块银元交给王五保："小王，好好照料徐秘书长，多给他增加营养。"

李沛群见医生很快就给徐海施治、服药，便放心地含泪离开了四都。

然而，徐海因患了恶性疟疾，地方医院缺药，治疗无效，住院十多天就病故了，年仅 24 岁。

李沛群听到从四都奔回来的王五保报告的噩耗，如雷轰顶，泪如泉涌。他痛泣："观澜兄啊，料不到你这么年轻就走了！"

三、李沛群二度上任

闽西交通大站后搬往龙岩，周恩来到中央苏区后又决定搬回虎岗。虎岗失守后，1932 年 1 月 3 日，站点又迁到金砂古木督永昌楼。李沛群先后两次被调往这里负责工作。

1931 年八九月间，中共闽粤赣省委书记罗明把李沛群调到省委代理秘书长。11 月底的一天，他接到永定县委书记萧向荣的来信，要求省委放 2 匹马去永定接人，还要派 2 个精干的马夫。李沛群便按他的要求办了，后来见面才知道，这 2 匹马是接从上海来的周恩来的。周恩来到汀州后的一天下午，召开有省委书记罗明、组织部部长李明光和李沛群、肖桂昌参加的小会。会上周恩来提出把李沛群调回闽西交通大站任站长，并决定大站搬回永定。因为永定接近边界，对交通有利。李沛群同肖桂昌把周恩来送达汀州后，就按周恩来的指示，马上到闽西交通大站上任。

李沛群同肖桂昌骑马来到半路时，遇上在赶路的何叔衡。何叔衡开玩笑说："你们两个小青年骑马，我这老头走路，让马给我骑。"李沛群那时工作责任心强，为尽快到永定上任，婉言道："何老，对不起，我有紧急任务。"然后拍马直奔永定。后来他又遇上已任中央工农检察部部长的何叔衡。李沛群反复解释道歉。何叔衡风趣道："你小子目无尊长，我差点把你法办呢！"说完哈哈大笑。

1931 年 11 月 7 日，中华苏维埃共和国临时中央政府成立后，闽西工农银行与江西工农银行合并为中华苏维埃国家银行，要大量印发纸币，苏区中央局通知闽西交通大站到香港购买 10 令（每令 500 张）钞票纸。当时汕头没有钞票纸，李沛群就自己到香港去买。

商人问他："你们买这么多的钞票纸干什么？汇丰银行每次只买500、250大张，你们买这么多，想自己开银行啊？"

他心想"这下坏了，商人要怀疑我们了"。

正好"一·二八"事件发生不久，李沛群转口说："上海'一·二八'事件发生，国民党政府准备迁都洛阳，今后在内地交通运输不便，所以想一次多买些。"

商人听后就放心多了，最后他们还是买了1令（500张）。

四、粉碎残酷的经济封锁

蒋介石的一块心病，就是中央苏区的发展壮大，让他坐立不安。于是他严令闽粤赣数省对中央苏区实行经济封锁。国民党省政府制定了《闽省封锁推进法》，规定靠近苏区的周边县漳平、南靖、平和等28个县为封锁区，并设闽江、漳江、汀江水道督察处，对食盐、火油实行公卖，采取以人定量，每5天卖一次，每人4钱食盐为限；实行"五家连坐法"，违者以"甘心赤化""通匪"论处。各省也相应拿出更加严厉的封锁措施。

敌人严酷的经济封锁，给中央苏区人民生活带来极度的困难。党和中央苏区政府采取了许多应急方案，比如用土法制盐硝，建立硝盐厂、织布厂、斗笠厂等。远在上海的党中央想方设法在白区开设各种商店，灵活巧妙地解决问题。如在汕头开设的中法药行分号，规模很大，有许多药物支援中央苏区。

中华苏维埃政府对外贸易局局长钱之光对江口、汀州、新泉、会昌等中央苏区县贸易分局下达任务，永定、饶平、平和、大埔、诏安等县在80多年后还保留了当年分派的任务单。因价差大，吸引了白区商人铤而走险。商人用金条买通了国民党军官合伙做生意，一大批食盐等紧缺物资便流入永定和中央苏区的核心——红都瑞金一带。与此同时，苏区的土纸、莲子、笋干等也秘密地销往白区，搞活了物资流通。仅在永定、青溪两地就有400多名男女运输队队员，一旦从汕头有来货，交通站便及时联络各乡村，发动群众假装挑粪下田或上山割草，将物资隐藏在粪桶隔层和草捆中，通过敌人的封锁线转运到苏区。据统计，仅这条交通线先后为中央苏区运送的紧缺物资就达数百吨之多。

有一件事，让李沛群永生难忘。他任闽西交通大站站长的一天，大约是1931年9月，大埔交通中站站长卢伟良护送干部返回闽西。这天天气很热，而他却穿着两件厚厚的衣服，来到闽西交通大站时，就脱下外衣对李沛群说，快把外衣拿去浸水，里面有货。果真，不一会儿就从他的外衣里洗出许多盐硝。李沛群吩咐交通员，待盐干了，就刮出来送上苏区中央局去。

李沛群转头问卢伟良："兄弟，快说，一路是怎样熬过来的？"卢伟良憨笑道："盐水沾在汗孔上，那种又酸又痛的滋味真是难受啊，简直比敌人用刑还难受呢。"

五、烈士头颅悬挂在永定城楼上

古老的永定城楼，20世纪30年代初曾经悬挂着一颗烈士的头颅。当年永定群众无不为其暗暗掉泪。

交通员李寿科，1932年冬在永定桃坑小站执行护送文件、物资任务时，为掩护另一交通员和文件、物资的安全转移，与数倍于己的敌人展开搏斗，最后寡不敌众，英勇牺牲。敌人气急败坏，割下他的头颅，挂在永定城楼上示众。中央苏区军民在交通总站的古木督为他举行追悼会。中央苏区总站站长杨友青参加了李寿科烈士的追悼会。

护送来往同志或物资，要通过敌人的封锁线，稍有不慎就会发生事故。但交通员都是机智勇敢、久经考验的同志，即使在意外的情况发生时，也都能沉着、机智巧妙地对付，化险为夷。有一次，张发春护送一位负责同志到上杭，经过兰家渡附近一个村庄时遇到民团。团丁盘问："干什么的？"张发春沉着地回答："是老百姓。"团丁吆喝着他们停步接受检查。说时迟那时快，张发春迅速从裤袋里掏出手枪，把那团丁干掉了，然后带着这位同志转移到另一条小路安全脱险。

李寿科

交通员在执行任务时，必须首先保护被护送领导的安全，宁愿牺牲自己；传递文件遇到危险时，应先保证文件不泄露。老交通员王志海生前回忆说，文件书信经常藏在衣服的夹层里，或鞋底、热水瓶内，有时还挤进用光的牙膏盒里。如遇特殊的绝密文件还不能文字传递，得事先背下来。如果非带信件不可，遇险时便将纸质文件吃进肚子里。

六、高寨坑的英勇斗争

闽西交通大站于 1930 年 12 月在永定虎岗建立，数月后，即搬迁到高寨坑。

高寨坑村属上杭县，与永定的虎岗村毗邻，相距仅 7.5 公里，位于虎岗通往大洋坝、坑口、白砂、张芬、太拔、蓝稔、永定合溪的交通要道上，是虎岗的西大门。这里地处偏僻、山高林密，群众基础好，建立了农会、儿童团、少先队、妇女会、赤卫队和乡苏维埃政府。

1931 年春，经中央交通局和中共闽粤赣省委同意，闽西交通大站搬到高寨坑村。中共闽西特委还派了闽西红十二军模范营驻防。从此，高寨坑村便成为上海通往中央苏区秘密交通线上的一个重要驿站。

闽西交通大站和红十二军模范营从永定虎岗搬迁到高寨坑村后，驻在高寨坑众厅里和学堂下。主要任务是护送从上海到中央苏区往来的文件、信件、书报；转运从上海、香港、汕头等地的物资经大埔、永定后护送往

高寨坑

上杭、长汀到红都瑞金。这些物资包括粮食、食盐、布匹、纸张、煤油、药品、医疗器械、通讯器材、武器弹药等。

高寨坑村成立了一支近百人的运输队。一旦接到任务，无论严冬酷暑，还是刮风下雨，或是深更半夜，运输队都准时担运物资。物资主要从永定合溪、金砂古木督、虎岗挑来，到高寨坑的交通大站负责验收，由红军战士担任保卫，由运输队挑往大洋坝、坑口、白砂、旧县。每次担运，近者往返40多里，远者往返要走250多里，历时两天两夜。穿过敌占区时，白天不能走，只能夜间走，不能点薪火，不能打手电筒，不准说话发出声响，只能以暗号联络，摸索行走。但运输队员们不畏艰苦，排除万难，把物资顺利运上红都瑞金。

1931年八九月间，李沛群奉调任中共闽粤赣省委代理秘书长。同年12月，周恩来莅临中央苏区后又把李沛群调回交通大站任站长。1932年1月3日，闽西交通大站搬迁到永定金砂古木督，但仍在高寨坑设立闽西工农通讯社（第二分社），主任先是陈玉恒，后由刘永游接任。

1932年12月，蒋介石对中央苏区进行第四次军事"围剿"。次年1月26日，敌1个团向大洋坝苏区进犯，"围剿"高寨坑村。驻防出动革命武装三四百人，埋伏于当风凹，当敌人进入伏击圈时，指挥员一声令下，顿时枪声四起，敌军伤亡甚多，狼狈逃窜。我方缴枪20多支，子弹一批。战斗中，红十二军战士傅福才、福建军区特务营战士温生顺壮烈牺牲，负伤多人。

有一天，高寨坑闽西工农通讯社一名交通员在执行送信任务时，在松树岗路上受到敌人袭击。交通员手持驳壳枪反击，眼看无法逃脱，他迅速划燃火柴，烧毁了信件，然后壮烈牺牲。

1933 年 3 月 13 日，国民党四十九师张贞等部，在当地民团的配合下，分三路进攻高寨坑村，包围了村子。我军民奋力反抗，但因敌众我寡，红军掩护群众突围，红军战士牺牲 8 人，全村房屋被敌人烧光。

第八章　顾顺章叛变

1931 年 4 月 24 日，傍晚，武汉新市场游艺场上灯火灿烂，人头攒动。大家正在聚精会神地观看魔术师化广奇的精彩表演，突然涌进一群国民党特务，上台把魔术师抓住了。

原来，这个魔术师是中共中央政治局候补委员、中央特科负责人顾顺章。当晚，顾顺章就叛变了，这给中共组织带来了一场大灾难。

一、顾顺章学到了苏联"格伯乌"的绝活

顾顺章系江苏宝山县（今上海宝安区）人，原在南洋兄弟烟草公司当小工头。上海"五卅"大罢工时，他任工人纠察队队长，由于表现勇敢，参加了中共组织，一度担任苏联顾问鲍罗廷的侍卫。

1926 年，顾顺章同陈赓一道被派往苏联接受"政治保卫"的专业训练。

俄共（布）未取得政权之前，曾和沙皇政府进行长期的地下斗争。沙皇政府的特务手段很厉害，列宁亲自领导的核心小组中，就有沙皇政府所派的特务。他们几乎和列宁天天见面，俄共（布）的一举一动，莫不了如指掌。所以俄共（布）的地下组织和活动不断遭受破坏。俄共（布）吸取了一次又一次失败的教训，终于磨炼出一套应付办法（秘密工作制度、技术、记录等）来。这套办法经过不断发展，到俄共（布）执政之后，就成为"格伯乌"的传统法宝，顾顺章到苏联就学习了这套绝活。

曾任中统四科科长的孟真对其有一段评价：

顾顺章在苏联受训的时间并不长，但凭他聪明机警的天赋，学到一身本领回来。文的方面：如化装、表演魔术、操作和修理机械、心理学等都很精；武的方面：双手开枪、爆破、室内开枪而室外听不到声音，徒手杀人而不留痕迹等，够称得上大师，无人能望其项背。①

1927 年年初，顾顺章回上海，后担任中共中央特科负责人，肩负保卫党中央的重责。在周恩来的领导下，特科三年之间，制裁了不少叛徒、特务，保护了中央机关的安全。

1931 年 3 月，他奉命护送张国焘、陈昌浩到鄂豫皖苏区。

二、魔术师化广奇栽了

1931 年 3 月中旬，张国焘和陈昌浩准备进入鄂豫皖苏区，顾顺章为他们服务，十分卖力。顾顺章决定亲自护送他们到汉口。有一艘来往沪汉之间的野鸡船，与他有密切关系。这艘船将于 3 月底开赴汉口，张国焘等人坐那艘船，自己则是先赶到汉口物色人员护送张国焘等去黄安（今湖北省红安县）。他详细向张国焘交代每一细节所应采取的步骤之后，自己就先行出发了。

顾顺章走后，张国焘等人就坐上一艘货船。晨光普照的时候，船开出了吴淞口。十几位客人都是水手们私带的"黄鱼"，张国焘等也算"黄鱼"，虽同是商人打扮，但又有点不像……4 日下午，他们的船快要到汉口了。顾顺章嘱咐船主要在下午 6 时后靠码头，因为他认为 6 点多钟是暗探们用膳的时间，那时登岸，危险性可能小些。果然，这艘船马上减低了速度，直到 6 时过后才停泊好。张国焘和陈昌浩分别提着简单的行李，走出码头的时候，天已近黄昏。码头外的要道上，有一个年轻人手里拿着一张当天

---

① 《江苏文史资料》编辑部：《中统特工秘录》，1991 年，第 48 页。

的报纸，向他们投射了一个暗号，这就是顾顺章派来接他们的。那年轻人旋即坐上人力车，他们也跟着坐上人力车，直向离码头不远的日租界驶去。

在日租界一条较僻静的街道上，他们走进一所房子的二楼，顾顺章已在那里等候他们。他知道他们一路上没发生过什么困难之后，便和他们研究下一步的行动。他告诉他们，从这里到鄂豫皖苏区，不能由汉口交通站的人护送，须由鄂豫皖派出来的交通员迎接进去，现在已经确知那个可靠的交通员，至少还要3天才能赶到，因此，他们至少要在汉口停留3天。

接着他又告诉他们，这个交通点，住着一对可靠的夫妇，一向是很稳妥的。但据最近消息，这里已引起日租界暗探的怀疑，因此，他对他们是否可以住在这里，颇表踌躇。

7日傍晚，顾顺章领着刚由鄂豫皖苏区来的交通员到张国焘他们的寓所。这位来迎接他们的青年人，身材矮小，沉默寡言，倒像一位经过磨炼的商店伙计。他们商定，翌晨启程，乘公共汽车向目的地进发。顾顺章因不便在汽车站露面，决定派他的助手到站照应。

8日上午8时，张国焘和陈昌浩跟着交通员，离开日租界，穿过小街小巷到汽车站。他们各自提着包袱、雨伞之类，前前后后各自行进，似乎并不相识，在车站也分别买票，很顺利地搭上经黄陂到麻城李家集的公共汽车。车开行到郊外时，曾停车经过两次检查，他们没有遇着困难就通过了……

鄂豫皖苏区派来的交通员于4月8日将张国焘、陈昌浩接走后，顾顺章的护送任务已经完成，本应返回上海交差。但他借口搞交通线，滞留在汉口（其实，他叛变后在他上海家里搜查出一份写给蒋介石的投靠信，他留下来或许另有图谋），住在汉口离大智门车站不远的法租界的陶陶大酒店，进行个人活动。他擅自用"魔术师化广奇"的艺名，在新市场游艺场公开表演魔术，立即引起国民党特务注意。

这时，武汉地下交通员尤崇新被捕叛变。

他被捕后被带到中统汉口特务头子蔡孟坚面前。这软骨头一见蔡孟坚便"扑通"一声跪下，请求保全他的性命，要他干什么都行。

蔡孟坚一见，恶心得拿起一个茶杯，狠狠摔在他的身上，臭骂了他一顿，同意他照往例游街做几天眼线。

这天傍晚，尤崇新被特务押去游街，来到武汉新市场游艺场，只见那里灯火辉煌，甚是热闹，便把特务们带到那里。

只见台上有一名魔术师手臂上扎着一条白毛巾，正在表演精彩的变戏法。他走上前去，见那人十分面熟：啊，那不是共产党中央特科的大头目顾顺章吗？

原来尤崇新在上海时参加过武装暴动，顾顺章那时正是暴动的负责人之一，是尤崇新的领导，他认识顾顺章。尤崇新如获至宝，对旁边的特务说："他……他……抓住他！共产党的大……大头目！"

身边的几名特务一跃上台，马上把顾顺章扭住，五花大绑。这时，台下一片混乱，观众争相夺路逃跑，有的高声惊呼："抓人了，抓人了，魔术师化广奇被抓了！"

顾顺章被抓后，显得若无其事。他对特务道："我是共产党的大头目，你们要听我的，以后委员长都会听我的，你们自有重赏！"

特务们知道此人不简单，便未敢对他无礼。

顾顺章要求先回到住地陶陶大酒店，特务允许了。他到酒店后，当着特务的面交代他的魔术团助手有关魔术团撤离的事务后，便对特务道："我要见蔡孟坚！"

特务不敢违逆他，便把他带往武汉特务头子蔡孟坚处。

蔡孟坚见到顾顺章落网，内心暗喜：这可是一条大鱼！

蔡孟坚招呼手下倒杯开水给他，但不敢打开他的手铐，特务们都知道这人武艺高强。见顾顺章喝完了开水，蔡孟坚问他："你是谁，在共产党干什么的？"

顾顺章昂起头，傲慢道："我不是一个普通共产党员，我是共产党中央负责人，与周恩来平起平坐；共产党党务我掌管大部分，任何秘密机关由我全部安排；我受过苏联'格伯乌'训练，我还是上海共产党的中央红色保卫局局长……"

蔡孟坚早对顾顺章有所闻，但料不到来头这么大，真是捕到共产党一条大鱼了。他内心窃喜，便严厉道："那你就老实招供吧，把你知道的一切通通说出来，我们重重有赏的！"

"哈哈哈！"顾顺章纵声大笑道，"我会说出来，但不是向你说。你必须马上带我到南京见委员长，只有在委员长面前我才会开口！"

蔡孟坚听后，沉吟良久，便道："好，我来安排。"

第二天，4月25日清晨，国民党武汉行营主任何成浚提审顾顺章。

顾顺章便供出了我党驻武汉交通机关、鄂西联县苏维埃政府及红军二方面军驻武汉办事处。因此，这些机关均遭破坏，十余人被捕。

其余重要机密，顾顺章守口如瓶，只字不吐。他内心揣度，只有把中共中央机关、中央领导人的住址等重要机密面呈蒋介石，以此作资本，蒋介石才会重赏他。

顾顺章对何成浚要求：一是将他立即解往南京，说有特别紧急的机密情报当面向蒋介石报告；二是要求保密，在他到南京前，不要就他被捕的事向南京发电报，以免走漏消息；三是保障他的安全。

何成浚和蔡孟坚等捕到顾顺章如获至宝，邀功心切，根本不买这叛徒的账，马上发电报给陈立夫、徐恩曾。

顾顺章知道后，大腿一拍："糟了，抓不住周恩来了！"

蔡孟坚问："为什么？"

顾顺章愤慨骂道："你们这些笨猪，委员长身边有共产党人当机要秘书！"

这时，蔡孟坚心虚，同何成浚商量后，包了一艘招商局小轮，派一班宪兵押送，将顾顺章押赴南京。蔡孟坚则第二天一早坐飞机飞到南京，即赴国民党中央党部见陈立夫秘书长，徐恩曾也在那里等候。

陈立夫听了蔡孟坚的详细汇报，马上操起电话向蒋介石报功。

话筒里传来蒋介石欣喜的声音："好，好，可让蔡孟坚偕顾顺章随时来见。"

4月27日，顾顺章坐轮船被押解到南京。

蔡孟坚来到下关，见顾顺章顺利到达，甚喜，便按陈立夫吩咐，先押到徐恩曾的机要秘书钱壮飞办公所在地，那里也是徐恩曾设在中山东路的秘密办事处。

到了门口，蔡孟坚悄声告诉顾顺章："稍等，委员长就要见你了。"

顾顺章一听暗喜，对蔡孟坚的引荐骤生感激之情，便指着门牌号码向他透露道："徐恩曾身边有共产党的人，他常送情报到上海给我……"

蔡孟坚惊愕地问："谁？"

顾顺章笑而不答："等会儿，面告委员长。"

蔡孟坚内心暗骂：这老狐狸！

稍事休息，蔡孟坚就带着顾顺章来到蒋介石官邸。

这时，徐恩曾、张冲已先到就座。蒋介石坐在中间，正跟他们闲聊。

顾顺章走了进来，显得有些拘谨，心忐忑乱跳。

蒋介石和颜悦色，招呼他入座，便嘱侍者上茶。

"你就是顾顺章？"蒋介石语调温和。

"是，我是中共中央政治局候补委员、中央特科负责人顾顺章。"

"哈哈！"蒋介石笑道，"这是以前的事，现在你什么都不是了，你要效忠于党国，我给你新的头衔！"

"是，是，我悉听委员长吩咐！"顾顺章卑怯地点头哈腰。

"好，你把知道的都告诉我。"蒋介石说着，在旁的秘书马上递上数张记录纸，让顾顺章写。

顾顺章咬咬牙，一口气就写出了满满数页纸，里面有他所知道的中共中央领导机关，领导人住址、姓名以及潜伏在国民党机关里面的共产党人名单。

蒋介石接过来，仔细地看。只见他脸色不断地变化，过了一会眼露凶光，叹道："共产党太厉害了，这么多潜伏者！"

看毕，他迷惑道："为啥没见恽代英，他在上海还是在瑞金？"

顾顺章精神一振："啊，对了，我忘记写进去，他已被你们抓起来了。"

张冲惊奇地接嘴道："抓在哪里？"

顾顺章："他在上海时化名王作林，去年被你们抓起来，现羁押在南京。"

…………

徐恩曾带着顾顺章、蔡孟坚告辞了。

他们走后，蒋介石又操起电话叮嘱陈立夫说："此人为我们出死力，应好好优待他，提拔他。他绝对回不了共党里去了。"

三、钱壮飞火速报警

然而，蒋介石的大逮捕令还没下，我党潜伏在徐恩曾身边的地下党员钱壮飞已把顾顺章叛变的绝密消息星夜送往上海。

徐恩曾的机要秘书钱壮飞确实是中共党员。

钱壮飞，原名壮秋，又名钱潮，浙江吴兴县（今湖州市）人。父亲在家乡做收购生丝的生意，母亲操持家务，幼时家境尚称小康。他在湖州浙江省立第三中学读书时父亲病故，幼子弱母生活日益困难，全靠典当卖田度日。母亲托媒给他介绍了一家布店老板的女儿徐双英，两人于1914年结婚，第二年生了一个女儿。1915年他从中学毕业后，考进北京医科专门学校。他在这个学校结识了

钱壮飞

女同学张振华，她出身安徽桐城名门望族，祖先做过宰相之类高官，家中比较富裕。钱壮飞经常得到她的资助，得以坚持修完学业，二人于1919年

毕业后在北京成家。后来，徐双英来京同住。幸好张、徐彼此都以礼相待，和睦相处，家中一直平安无事。

1926 年，钱壮飞经张暹中介绍加入中国共产党。1927 年年底，经组织安排，钱壮飞转移到上海，好不容易在上海公安局找到一份抄写黄包车牌照的临时差事。1928 年下半年，钱壮飞在上海国际无线电管理处找到一份工作，从事画广告画和招揽生意等业务。

这个无线电管理处是国民党建设委员会官办的一个对外营业机构，专替住在上海的外国人收发国际来往电报。它虽不是国民党的秘密特务机关，但对于我党来说，却是隐蔽党员骨干、掌握无线电收发技术和有关情报的一个很有利的地方。因此，党组织决定钱壮飞做长期潜伏的打算，不要求他参加其他活动。

其后，陈立夫派徐恩曾来上海国际无线电管理处当处长。徐恩曾见钱壮飞才华出众，善于交际，又是他的吴兴同乡，对他深为信任。

1928 年年底，徐恩曾被蒋介石任命为上海国际无线电管理处处长时，钱壮飞即为该处的秘书。

且说一下徐恩曾。

徐恩曾，字可均，浙江吴兴人，1898 年出生于一个大地主家庭。著名的浙江财阀徐新六是其近亲本家。

徐恩曾身高约 1.78 米，脸方形，戴近视眼镜，外表斯文，不爱讲话，有如白面书生。他从上海南洋大学电机科毕业后，赴美国入康里奈斯大学镀金。返国后，他于 1927 年秋，由其留美前辈李范一援引，参加南京军事委员会所办的交通技术学校筹备工作。1928 年春，该校正式招生上课，徐恩曾担任校办公厅主任。同年秋，该校改组，并入国民党中央军校。

并校后，徐恩曾一度被裁离。这时，他由李范一推荐给当时的国民党中央组织部代理部长陈果夫。陈果夫、陈立夫与徐恩曾是表亲戚，加上陈立夫又是徐恩曾留美同学，陈立夫委任徐恩曾为该校总务科科长。徐办事得力，深得陈立夫欢心。

与此同时，徐恩曾又利用浙江同乡、留美同学关系，竭力与中央组织部调查科（以下简称调查科）主任吴大钧接近，了解一些调查科的做法。有时依据其对美国联邦调查局一知半解的了解，向陈果夫、陈立夫提出些所谓改进特务活动的意见，颇得二陈赏识。

1929年8月，吴大钧调任国民党中央统计处处长，所遗调查科科长一职，由叶秀峰继任。后叶秀峰与陈立夫不和，请长假赴杭州。陈立夫便派徐任总务科科长兼代调查科科长。1930年春，徐恩曾正式专任调查科科长。

徐恩曾任科长后，急需帮手，这样，钱壮飞也因其能力深得徐恩曾赏识，跟着他任机要秘书。

徐恩曾甚好色，有三妻，还常常寻花问柳。

钱壮飞很能干，又想法讨徐恩曾喜欢和信任。徐恩曾对他特别信任，来往电报都是由钱壮飞拆译后交给他。但是，徐恩曾有一本国民党军政要员来往的密码本，一直藏在自己身上，出门也系在裤兜里。这可苦了钱壮飞。一次他同中央特科李克农设计，说上海某地有一名美色绝伦的小姐。徐恩曾一听，就火烧火燎地要当夜赶去。钱壮飞关切地提醒他，去那种地方，身上那"小本子"带去不好。徐恩曾听后，就把这密码本子掏出来交给钱壮飞保管。钱壮飞暗喜，徐恩曾走后，他连夜把那本子抄了一份，回来才交还徐恩曾。

顾顺章叛变了，武汉那边连续发来了3份电报，正落在钱壮飞手里。他马上翻译出来，一见，吓了一跳：

第一封电报说，黎明（顾顺章的化名）被捕，并已自首，如能迅速解到南京，3天之内可以将中共中央全部肃清。

第二封电报说，将用兵舰将黎明解押南京。

第三封电报说，改用飞机解送南京，因为据黎明供，用兵舰太慢了。这个电报还讲，无论如何这个消息不可让徐恩曾左右的人知道。如若让他们知道了，那么把上海中共中央机关一网打尽的计划就完全落空了……

钱壮飞看完密电，大吃一惊。他非常沉着，记下电文又把电报封好，找了女婿刘杞夫，让他火速送往上海凤凰旅馆交给李克农。

李克农接到这十万火急的情报后，心急如焚。

这天是星期天，不是李克农和陈赓预约碰头的日子，找不到负责联系的交通员。李克农怀揣着十万火急、关乎全党存亡的重要情报，想方设法找到中共江苏省委在上海刚建立起来的一个紧急备用的联络站。

第九章　应变！应变！

一、李克农终于找到了陈云

李克农终于找到了时任中共江苏省委书记的陈云，这是一个极端危险的时刻。陈云立即向党中央报告，中央当即委托周恩来全权处理这一紧急事变。

周恩来在陈云协助下，召集中央特科的李克农、陈赓、聂荣臻、李强等举行紧急会议，商定对策，采取应变措施，包括转移中央机关、改变领导人住处、斩断顾顺章已知道的线索、改变秘密工作方法、销毁机密文件等。

当夜，中共中央和江苏省委的机关全部安全转移。陈云连夜派人找了一个印刷厂，出4倍于当时的工钱，在2个小时内将顾顺章的照片制版100多张，发给上海各级党的组织，通知他们防范。

1931年4月27日，顾顺章被国民党兵舰押到南京。然而，在周恩来和陈云的周密安排下，赶在国民党大搜捕前，已采取能够采取的应变措施。第一，销毁大量机密文件，对党的主要负责人加强了保卫并立即转移，把顾顺章所能侦察到或熟识的负责同志的秘书迅速调用新手；第二，对一切可以成为顾顺章侦察目标的干部，尽快地有计划地转移到安全地带或调离上海；第三，审慎而果断地处理了顾顺章在上海所能利用的重要关系；第四，废止顾顺章所知道的一切秘密工作方法，由各部门负责实现紧急改变。

当天夜里，中共中央和江苏省委以及共产国际远东局的机关全部都搬了家；同时命令陈赓带领情报科全体同志从各方面进行调查，以便及时采取措施，准备反击。

聂荣臻后来回忆说："两三天里面，我们紧张极了，夜以继日地战斗，终于把一切该做的工作都做完了。等敌人动手的时候，我们都已转移，结果，他们——扑空，什么也没有捞着。"①

一场后果极其严重的大破坏终于最大限度地避免了。

5月21日，中共中央发出第223号通知，指出顾顺章是可耻的叛徒，"中央决定永远开除顾顺章的党籍，并号召全党同志，更加紧我们在群众中的工作，更严密我们的组织，更特别注意我们的秘密工作"。

顾顺章一举破坏中共中央机关的计划虽被挫败，但环境恶化使中共中央政治局会议和常委会议一度难以进行，工作陷于停顿状态。中央特科几年来在国民党内部逐渐建立起来的力量和关系基本上遭到破坏，许多打进敌人要害部门的地下党员无法继续坚持下去。

二、恽代英惨遭毒手

顾顺章的毒爪让中共损失惨重，主要是恽代英、蔡和森被出卖遇难。

1931年4月27日，顾顺章刚被敌人从武汉押解到南京，就出卖了被囚禁在南京中央军人监狱里的恽代英。

恽代英是中共早期的马克思主义者，也是中国青年热爱的领袖和尊敬的导师。他参加了南昌起义，中共六大后历任中共中央组织部秘书长、中央宣传部秘书长，六届二中全会被补选为中央委员。

1930年5月6日下午，恽代英在上海杨树浦老怡和纱厂门前被敌人逮捕。那时他装扮成工人模样，化名"王作林"。但敌人搜出他身上带有眼镜、水笔、手表及40元，又在他的附近搜到传单一包，便将他押送到巡捕房，

---

① 《聂荣臻回忆录》（上），战士出版社1983年版，第127页。

其后以共党嫌疑将他引渡到国民党上海市公安局，又转到国民党龙华淞沪警备司令部。1931年2月，他被押到南京江东门外的中央军人监狱。他在敌特抓捕时机智地抓毁自己的面容，又化装成工人改了姓名。他在狱中沉着应付，不理发，不刮胡子，使自己完全改变了形象，坚持了将近一年而未被敌人识破。敌人虽然没有认出他是恽代英，仍然以"工人擅自开会也有罪"的莫须有罪名，判处他5年有期徒刑。

周恩来指示，必须使用一切手段，不惜任何代价，打通敌人的各种关节，把恽代英营救出来。中央决定，由周恩来主持营救工作，并责成当时主持中央特科的顾顺章具体执行。经中央特科奔走，1931年春，已由陈赓通过党同国民党高等法院法官的地下关系，讲定提前释放，党组织也已通知恽代英准备提前出狱。

然而，顾顺章一叛变，为了向蒋介石邀功，第一个出卖的就是恽代英。

顾顺章不仅供出恽代英在狱中的化名，还供出恽代英在南京中央军人监狱被关押的监狱——"星"字监房。蒋介石得知，大吃一惊，4月28日急令其军法司司长王震南当天前往监狱查对。王震南拿着恽代英在黄埔军校的照片到狱中，并且在查实后向其劝降。恽代英凛然回答敌人："我就是恽代英！"他当场驳斥王震南劝降的鬼话："我是共产党员，必须革国民党反动派的命，这也是我现在的庄严任务。"王震南气急败坏，立即下令给恽代英加上重镣，从原来的"星"字牢房转移到"智"字号监单人牢房。蒋介石当即下令，立即就地枪决。

第二天，1931年4月29日，恽代英高唱《国际歌》赴难，临终前高呼："打倒蒋介石！""中国共产党万岁！"

罪恶的枪声响起，正开午饭的难友放下碗筷，号啕痛哭。他们大骂出卖恽代英的叛徒顾顺章："无心肝的死流氓！无人味的癞皮狗！"

三、蔡和森在香港遇难

第二位被顾顺章出卖而遇难的著名共产党人就是蔡和森。

1931 年 6 月，顾顺章又带着国民党特务到香港，抓捕中国共产党早期卓越领导人、杰出的马克思主义理论家蔡和森。

蔡和森，双姓蔡林，学名和森，1895 年出生于湖南湘乡县一个破落的小官吏家庭，1913 年考入长沙省立第一师范学习。他通过阅读传播马克思主义学说的《新青年》杂志等革命报刊，树立了革命志向。他在这所学校结识了毛泽东，两人志同道合，结为挚友。校中的伦理学老师杨昌济很欣赏这两个学生，常对人说："毛泽东、蔡和森是天下奇才，将来必是国家的栋梁。"1918 年蔡和森与毛泽东一起建立新青年学会，并创办著名的《湘江评论》杂志。

1919 年 10 月 25 日，蔡和森到法国勤工俭学。1921 年他在法国组织中国社会主义青年团。他在巴黎参加了两次集会示威和争取到里昂大学学习的斗争，10 月被法国当局驱逐出境。蔡和森归国后，年底在上海加入了中国共产党，在党的二大被选为中央委员。1925 年 10 月受中央委托赴苏联莫斯科参加共产国际会议，会后作为中共驻共产国际代表留驻苏联。1927 年回国后任中共中央宣传部部长，在中共五大被选为中央政治局委员、政治局常委，并代理中共中央秘书长。

以后，蔡和森长期在上海和莫斯科两地工作，因反对过"左"的政策，于 1928 年被撤销政治局委员、常委和中共中央宣传部部长职务。

1931 年年初，蔡和森从苏联回国，提出要去中央苏区工作，却被派去恢复刚被敌人破坏的中共广东省委，并在那里主持工作。当时中共广东省委的组织遭受破坏极其严重，白色恐怖笼罩着广东，广州已难立足，省委便暂时设在香港。

5 月，蔡和森服从组织决定，离开上海前往香港接替李富春任中共广东省委书记。到香港后，他同夫人李一纯住在一家洋酒罐头公司的楼上，对外的公开身份是这家公司的职员。为了替党节省开支，他没有在附近另租房子办公，而是每天跑一段很远的路到秘书那里听取汇报，批阅文件，各种活动十分频繁。

蔡和森到香港不久，就得知顾顺章被捕叛变的消息。周恩来为了尽量减少损失，组织白区各地方党组织的负责人设法隐蔽或者转移，躲开顾顺章的视线和追捕。

周恩来特别担心在香港的蔡和森，请他迅速离开香港。但蔡和森早将生死置之度外，不愿为了个人的安危影响广东省党的工作。蔡和森当然知道，自己曾经长期在中共中央机关工作，顾顺章对他非常熟悉，也了解他来香港的情况。但蔡和森决定继续留在香港领导党的工作，每天仍然照常离开住处外出活动。

同年 6 月 10 日，香港举行一次重要会议，蔡和森决定赴会。近晌午临走时，他对夫人说："下午 1 点前我一定回来，如果没有回来，那就是被捕了。"

不幸！蔡和森一进场，早在那里蹲着的顾顺章，带着 4 个便衣特务将他逮捕了。同时被捕的还有施混等 4 人。

蔡和森被捕后，党组织立即采取了营救措施。香港交通大站李少石通过一个社会团体同香港英国当局联系，答应付给一笔巨款，将蔡和森保释。但是，当李少石筹足这笔款时，蔡和森已在 2 小时前被引渡给广东军阀陈济棠了。在广州监狱中，蔡和森受到国民党反动派的种种酷刑。蔡和森横眉冷对，没有暴露党内的任何情况。他被打得血肉模糊，拖回监狱，躺在地上动弹不得。难友们见到了都伤心地哭泣。蔡和森却鼓励大家坚持斗争，并说最后胜利一定是属于我们的。

敌人的残酷折磨丝毫无损于蔡和森的坚强意志。他们终于使出灭绝人性的一手，将蔡和森拉到监狱的墙边，把几颗长铁钉摆在他面前，进行最后一次威胁、恐吓。蔡和森无私无畏，宁死不屈。敌人野蛮地用铁钉把他的四肢钉在壁上，然后用刺刀将他的胸膛戳得稀烂。为了党的事业，蔡和森就这样壮烈牺牲了，时年 36 岁。

蔡和森牺牲后，党和人民无限缅怀。毛泽东曾在一次谈话中说："一个共产党员应该做的，和森同志都做到了。"周恩来也说过："和森同志是永远值得我们怀念的。"

四、向忠发被捕叛变

向忠发身体有一个特别引人注意的记号，就是右手食指断了半截。顾顺章一叛变，就把向忠发的这个重要特征和住址提供给了敌人。

向忠发，1880 年出生。他原是武汉市的码头工人，因为参加党领导的工人罢工斗争，表现积极，于 1922 年参加中国共产党，并于 1926 年被选为湖北总工会委员长。1927 年 6 月参加第四次全国劳动大会，当选为中华全国总工会执行委员；8 月，在八七会议上，当选为临时中央政治局委员；10 月，赴苏联任中共驻共产国际代表。1928 年在共产国际执行委员会第九次扩大会议上，当选为共产国际执行委员会委员和主席团委员；同年 6 月，向忠发出席了在莫斯科召开的中共六大。

会议期间，共产国际片面强调领导机关人员成分的工人化。共产国际书记布哈林在会上作报告的时候，指责瞿秋白是大知识分子，要让工人干部来代替他们。出席指导会议的共产国际东方部米夫，因向忠发在中山大学反对"江浙同乡会"问题上支持过米夫和王明，因此也对向忠发极力吹捧。在会上选出的 37 名中央委员和候补委员，有 21 人是工人成分。向忠发 7 月 10 日当选为中央委员，7 月 19 日又被选为中央政治局委员、常委。7 月 20 日，在中央政治局第一次会议上，他又被选为中共中央总书记。他虽身居高位，但因限于政治、文化的综合水平和领导能力低，自己并无多少主见；担任总书记 3 年，并无多少独立的建树，实际上没能起到党的主要领导人的作用。

熟悉他的陈琼英、黄玠然评价他说：

他从苏联回国后，不是首先考虑党的工作，而是利用职权大搞特殊化，追求个人的物质享受。他贪污了党的很多活动经费，吃喝嫖赌什么都干，甚至还包了一个妓女叫杨秀贞的，整天在他的住处鬼混。这个姘头是顾顺章"拉皮条"促成的。在这一点上，他们两人堪称难兄难弟，都有这方面的"共同爱好"。[①]

当获取顾顺章叛变的情报后，周恩来紧急布置中央机关和领导人转移时，首先想到的就是向忠发，通知他马上搬到一栋楼房去。

向忠发借口"工作需要"，又把姘头杨秀贞带上同住楼下。

周恩来为防出事，特地让任弼时的夫人陈琮英带着刚出生几个月的女儿搬来住在楼上。当中央政治局决定向忠发立即转移到中央苏区后，周恩来又要向忠发一个人搬到小沙渡路（现西康站）和他同住，并叮嘱他不要随便外出。杨秀贞则由陈琮英母女陪同，到一个小旅馆里去住，并在搬家前将原来顾顺章介绍来的娘姨解雇。

国民党特务根据顾顺章提供的地址，没有抓到向忠发。后来又照顾顺章的口供，找到那个娘姨，指使她跟踪盯梢向忠发。她了解杨秀贞在一家裁缝店做的衣服尚未取走，每天守候在那里。一天，杨秀贞去取衣服，被她盯上，一直跟到她的新居。幸好这次跟踪已被党组织发党，才未出事。

为了甩掉这个女佣的跟踪，组织又让杨秀贞搬到静安寺路一个新建的大旅馆。

向忠发这时仍隐蔽在周恩来寓所，中央已决定让向忠发立即转移到中央苏区。向忠发向周恩来提出要去和杨秀贞见面，周恩来严厉阻止，劝他为党的利益着想，遵守党的纪律，叮嘱他不要随便外出。

1931年6月21日晚上，周恩来与邓颖超有事需要外出，再三叮嘱他绝对不要外出。但等周恩来夫妇一走，他就迫不及待地擅自溜走，偷偷跑

---

① 高军整理：《关于向忠发被捕叛变问题》，《党史研究》1980年第4期。

到旅馆去与杨秀贞会面，在那里住了一夜。

静安寺路有家英商"探勒"汽车洋行，过去是党组织经常利用的关系。向忠发也常去叫车，汽车行里的人都认识他。车行有个叫叶荣生的会计，曾参加共青团，也认识向忠发。此人见利忘义，他见到不久前报纸上刊登检举共产党"立功"重赏的消息，便同特务勾结，准备以此发财。

21 日夜，叶荣生见向忠发出现，马上向淞沪警备司令部的特务告密。

第二天一早，向忠发离开旅馆去叫汽车时，就被预伏的特务团团围住。他们一认：啊，此人右手食指断了半截，不是向忠发还是何人？于是就把他逮了押走。

周恩来正为向忠发一夜未归、不知去向着急，当接到时任中共中央组织部部长的康生转来的中央特科黄慕兰关于向忠发被捕的情报后，立即销毁了存放在家里的一切机密文件，然后和邓颖超搬进四马路（今福州路、江西路口）外国人开的都城饭店。一同搬进同住的还有李富春和蔡畅。

向忠发被捕的消息，最早是中央特科的黄慕兰偶然听到的。6 月 22 日她在巴黎电影院旁边的东海咖啡馆和律师陈志皋会面时，碰见正在法租界巡捕房政治部担任翻译的曹炳生。此人同陈律师熟识，他讲嵩山路捕房捕到一个共产党的大头目，被押到卢家湾了。他不知道被捕者的姓名，只说："这个人 50 多岁，一双手 9 个指头，金牙齿，'卖相'倒蛮好，但一点没有骨气，还没坐电椅子就通通招供了……"还说："南京方面马上就要派人过来，准备将他引渡过去……"

黄慕兰大吃一惊，急忙设法找潘汉年报告此事。潘汉年一听黄慕兰对被捕者的描述，判断可能是向忠发被捕了，立即通过赵容（即康生）向周恩来报告。

向忠发被捕后，首先供出的是陈琮英。于是敌人立即乘车到旅馆逮捕了陈琮英和杨秀贞。但敌人抓捕陈琮英后，见她像乡下来的妇女，问几句没有什么结果，审讯就匆匆结束了。

向忠发向敌人供出戈登路恒吉里 114 号中央机关，使那里的工作人员被捕。他还供出周恩来和瞿秋白的寓所，幸好他们早已撤离，敌人一无所获。敌人还不死心，派人在周恩来家里守候。

向忠发被捕这天，周恩来还未能判断他已叛变投敌。鉴于向忠发的身份，估计将会被押往南京审理，便指示中央特科设法打听押解启程时间、路线，以便设法派红队劫囚车营救。

这时，潘汉年和中央特科其他人员，都按中央指示一心想营救他，极力设法探查押解去南京的详情。

淞沪警备司令熊式辉一抓到向忠发，就给正在庐山的蒋介石发去电报。蒋介石一接到电报，立即电令熊式辉：就地秘密处决。后收到熊式辉在审判后关于向忠发已经叛变的电报，蒋介石马上改变主意，又下令暂缓处决。可是熊式辉收到蒋介石的第一个电报，已于24日凌晨将向忠发枪决。行刑时，向忠发曾下跪求饶，也未得到敌人的宽恕。

向忠发6月22日被捕叛变，24日被枪杀，前后不到3天。

1966年6月，毛泽东在杭州接见外宾时说："向忠发被捕后，给敌人带路抓人，敌人把人抓完后，把他杀了。"①

1972年6月，周恩来在一次讲话中说："向忠发这个总书记，在上海搞了一处房子，弄了一个妓女，吃喝玩乐。敌人发现后抓到妓女，她还不承认向忠发是党员，可是向忠发被抓后，立即承认自己是党员，叛变了。他的节操还不如一个妓女。"②

顾顺章一举破坏中共中央机关的计划虽被挫败了，但环境的恶化使中共中央政治局会议和军委会工作一度难以进行，工作陷于停顿状态。

周恩来以钢铁般的意志撑起了危局。

五、马上改组中央特科

中央特科的职责是保卫中共中央机关的安全，打入敌人内部收集情报。

---

①② 穆欣：《隐蔽战线统帅周恩来》，中共党史出版社2018年版，第278页。

中央特科旧址

中央特科负责人顾顺章叛变，非重选合适的人挑这一重任不可。

1931 年 6 月 10 日，周恩来主持召开中央政治局会议，指出："特委工作虽然有它许多成绩，给予党以不少保护作用，但由于顾顺章一个人的叛变，遂使全部工作发生动摇，这不能不说是特委本身的错误的结局。为了整顿特科，中共中央决定，特委本身的组织，从最高指导委员会起，一律重新改组，特委负责人必须由政治坚定、党籍较长、有斗争历史的干部，特别是工人干部担任。"①

陈云在协助周恩来处理顾顺章叛变过程中，显示出他的工作能力，他本人又具备中央规定的上述条件。因此，中共中央决定：由周恩来、陈云、康生、潘汉年、邝惠安重新组成中央特别工作委员会，领导中央特科的工作。

这时，陈云在危难之际挑起了重建中央特科的重任。陈云回忆说："一九三一年顾顺章叛变之后，我是特科主任，康生叫'老板'，潘汉年叫'小开'，我叫'先生'。一直到一九三二年我去搞工会工作，康生接任。康生后来走了，以后就是潘汉年负责。"②

如何从顾顺章叛变的致命打击中开辟新的局面？陈云首先从改变中央

---

① 《周恩来审查特委工作的总结》，1931 年 6 月 10 日。见中共中央文献研究室编：《陈云传》（一），中央文献出版社 2015 年版，第 106 页。

② 《陈云接见"中央特科"党史专题座谈会代表时的讲话和插话记录》，1981 年 11 月 8 日。见中共中央文献研究室编：《陈云传》（一），中央文献出版社 2015 年版，第 107 页。

特科（代号叫"新新公司"）的工作方式入手。特科工作应当深入社会，完全同党的其他组织隔离，基本人员要少而精。陈云根据这一原则，调整内部组织，将已有一定程度暴露、不宜继续做秘密工作的主要干部李强、陈赓调离上海；同时撤销第四科，将通讯电台的工作移交中央秘书处，其余三个科进行精简缩编。陈云兼任第一科科长，潘汉年兼第二科科长，康生兼第三科科长。他又改变特科的活动方式，要求一切工作人员的社会职业必须是真实的，有着落的，从而能够深入社会活动，通过社会活动建立起各种社会关系，以这些社会关系掩护特科的工作。同时采取更严密的防范措施，强调单线联系，严格限制相互之间的往来。"当时特科同志之间，相互之间有一二人的联系外，并无其他联系。"[1]

陈云还花了几千块钱，由一些同情革命的可靠人士出面，办了一二十个小铺子，散布在上海各个地区，以做买卖的形式掩护特科人员的往来接头。比如，他在上海红庙路派人开了一个木器家具店，像一个旧货商店的样子。那时在白色恐怖严重的上海，中央经常要根据形势的变化，设立或撤销某个机关。有了这个木器店，"机关搬家的时候，东西都弄到它那里去，要成立机关，没有家具又可搬来，很方便，是仓库，又做商店，又接头"。[2]

陈云自己却与曾在浙江嘉善借以避居的李桂卿的弟弟李伟基，合开一家小型印刷厂做掩护，这个厂就成了陈云的办事之所。

"开铺子做买卖"，使中央特科有了比较可靠的社会根基，便利于开展隐蔽斗争。共产国际代表曾对陈云这种办法给予充分肯定，说："这个人花了几千元，搞了二三十个铺子，证明这个人不简单。"[3]

---

① 《陈云给郭玉峰的信》，1977年7月23日。见中共中央文献研究室编：《陈云传》（一），中央文献出版社2015年版，第107页。

② 《王玉清传达陈云关于特科情况的讲话记录》，1981年11月12日。见中共中央文献研究室编：《陈云传》（一），中央文献出版社2015年版，第108页。

③ 中共中央文献研究室编：《陈云传》（一），中央文献出版社2015年版，第109页。

对于中央特科这些工作方式的变化，一个当年的国民党特务在回忆录中感叹道："实行新的隐蔽策略之后，把我们在共党中所建立的线索，一下割断了，于是我们的耳朵又失灵了，眼睛又失明了。我们只知道共党的地下组织已经改变了，但是怎么变？何人负责？机关设在哪里？一切具体情况，我们便茫然无知。"①

六、全国交通线的应变

顾顺章叛变后，周恩来马上指示中央交通局局长吴德峰，立即通过秘密交通网，四处奔走报警，组织人员通知与顾顺章有关联有可能被出卖的同志和机关全部迅速转移；赶在敌人在上海动手之前搬了家，使敌人扑了个空，使敌人妄图一网打尽中共中央领导人的计划成为泡影。

与此同时，吴德峰还按照周恩来的指示，派出人员，采取各种办法，将出发去苏区，沿着顾顺章走过或可能知道的路线走的几批同志拦截追回。这期间由于顾顺章的叛变，使长江党的交通受到严重破坏，几乎中断，但由于采取紧急措施，凡是顾顺章走过和可能知道的地方，都重新调整部署，基本没有连锁波及其他地区交通线。

顾顺章叛变事件发生后，实际上周恩来把吴德峰调到军委集中工作，除继续负责中央交通局工作外，主要是参与处理顾顺章叛变事件。吴德峰很多大胆和反常规的操作思路深得周恩来的赞同。如顾顺章叛变后，中央特科原在邮局设置的信箱被停用，恢复正常工作后，他建议重新启用该信箱。他的观点是被敌人查封闲置的信箱只要谨慎使用，更不易引起敌人注意，是安全的，且方便监视接续此前中断联络的关系。

1931年7月25日，杨匏安等23人由于叛徒的出卖被捕。杨匏安所在的中宣部和一个秘密工厂也被敌人破坏，杨匏安牺牲。中共中央机关处在

① 中共中央文献研究室编：《陈云传》（一），中央文献出版社2015年版，第109页。

十分危险的情况下，形势险恶。国民党反动政府向各地发出密令，以 2 万元悬赏通缉瞿秋白和周恩来，以 1 万元的悬赏通缉陈绍禹、张闻天、沈泽民、罗登贤、秦邦宪等人。周恩来、陈绍禹在敌人的追捕下隐藏起来，中央工作由各部联席会维持着。

在这种情况下，周恩来不得不更加小心地隐蔽起来，同其他领导人互不往来。这时他在上海很难继续存身了。不久，中央决定他停止工作，等待转移到中央苏区去。

第十章　周恩来上苏区

一、初上苏区遇险而返

1931年3月的一天，吴德峰急急地把肖桂昌召来，对他说："小肖，不好了，武汉交通站出了叛徒，你火速赶往武汉去，截住恩来同志，不能走那条交通线上中央苏区了！"肖桂昌二话没说，就坐着电轮，直往武汉把周恩来接回来。

早在1930年年底，中央就决定周恩来到中央苏区任中央苏区局书记。顾顺章叛变前夕，中央安排周恩来和王首道、黄火青走武汉的交通线往中央苏区。哪知武汉交通站出了叛徒，交通站被破坏。周恩来十分危险！吴德峰闻知后马上派交通员肖桂昌乘火车到了南京，在下关那里截住轮船，先把周恩来接回来。接着又派他的夫人戚元德化装为贵夫人乘飞机到九江把王首道截回来，避免了一场灾难。

《吴德峰传》对此事做了详细的记录：

1931年二三月间，中央有三批同志由上海去苏区，行动路线是到武汉通过码头背后一个香烟摊联络站，经湖南株洲转至中央苏区。接头的办法是手拿着报纸用暗语联络。第一批出发的是王首道等，第二批出发的是周恩来等，第三批出发的是黄火青、黄志竞等。当前两批已经出发，第三批上船即将起锚时，吴德峰得到密报，得知设在武汉码头的联络点被叛徒出卖，遭到敌人破坏。他精确计算船行时间，立即派戚元德坐飞机经南昌到九江接回王首道，派肖桂昌坐火车去南京接回周恩来，派贺步青上船把黄火青叫回。戚元德到九江后买了一张票，等船一到立即上船很顺利地找到王首道，告诉他"家里老人生病"，要他马上下船回家。王首道心领神会，意识到武汉出了事，马上与同行的人收拾好行李下船，平安返回上海。为防万一戚元德继续顺船而下，在下一码头下船返回上海。负责找黄火青的贺步青上船到处转，黄火青看到了他，以为他有别的任务，就没理他。黄火青看他来回地转，就把头伸出来。贺步青看到黄火青后，马上说"下去！下去！"。就这样，一场眼看要发生的重大事故化险为夷了。①

接着，顾顺章叛变了，又加上"立三路线"前后一大摊子事，令周恩来走不成了，他花费了九牛二虎之力，才基本摆平。但是，6月向忠发叛变后，周恩来已处在敌特的悬赏监控搜捕之中，他几乎无法活动了。中共中央决定他停止工作，派他前往中央苏区任中央苏区局书记。

当时，周恩来在上海的秘密住所只有3把房门钥匙，周恩来和邓颖超夫妇各1把，向忠发1把，因为他是总书记。6月22日向忠发叛变，当天夜里，他带着巡捕房的特务、军警直接打开了周恩来的房门，但早已人去楼空。

实际上，接任中央特科负责人的陈云已安排周恩来夫妇隐蔽在秦邦宪（博古）的弟弟秦邦礼开的店铺里。

1931年9月，为了确保周恩来的安全，吴德峰于10月先行到了中央苏区沿途考察，用了1个多月的时间，落实行走路线，确定了绝对机密、安全、可靠的路线。为此，吴德峰启用了汕头绝密交通站。

---

① 中共湖北省委党史研究室：《吴德峰传》，中共党史出版社2018年版，第50页。

二、周恩来赴中央苏区

这是汕头西堤码头。别看眼下人来客往，秩序井然，当年这儿聚集了打鱼归来的渔民、四面八方涌来的小贩，鱼虾蹦蹦跳跳，叫卖声、汽笛声此起彼落，嘈嘈闹闹。

当年周恩来从上海到达汕头，就是在这里上岸的。

1931 年 12 月，在一个寒风凛冽的夜晚，周恩来头戴鸭舌帽，身穿藏色对襟哗叽呢上衣，下穿蓝哗叽中式裤子，脚穿翻毛皮鞋，一副洋厂工人打扮。他嘴边蓄着一把足有寸把长的胡须，掩饰了那张充满睿智的剑眉俊脸。他由交通员肖桂昌和黄华护送，在上海十六铺码头乘船离开上海，前来汕头。

到了汕头后周恩来换成一副富豪打扮，由汕头交通站站长陈彭年陪同到金陵旅社住宿。可是进入旅社后，他发现楼梯转角处挂着一张当年东征军合影的相片，周恩来正好就在这相片中。周恩来那浓眉大眼、气宇轩昂的形象很突出，容易给人认出来。因此，他便赶忙转移到棉安街国民党军驻潮汕独立第二师师长张瑞贵私下开办的一间小旅店住宿。

这间小旅店因是张瑞贵秘密开的，警察、地痞、流氓一般不敢来骚扰。这样周恩来就在汕头敌人的眼皮底下安稳地度过一夜。第二天，周恩来化装成商人，乘潮汕铁路火车前往潮州。他们机警地上了人流拥挤的平民车厢。

火车开动后，查票的验票工是原来铁路工会的骨干。周恩来 1925 年 11 月出任东江各属行政委员的时候，这个人曾经向他汇报过工作，所以认识他。周恩来马上把报纸往脸上一遮，把帽子拉下一点，把脸转向窗口望出去。这时，跟在他身边的交通员肖桂昌很机警地站起来挡住周恩来的脸，把票拿出来给那个人，那个验票工连声说好便走了。他们三人继续坐在平民车厢，平安到达了潮州。

抵达潮州车站后，周恩来一行怕再碰到熟人引来麻烦不敢久留，迅速乘人力车到东门外韩江边湘子桥附近的竹木门码头，乘下午2点多钟开往大埔茶阳的电船。电船到了茶阳后，改乘在这里等候多时的大埔交通中站小木船，直达青溪沙岗头。

周恩来到沙岗头，组织已安排女交通员江崔英和武装小队在那里接他。夜半时分，江崔英带周恩来等人摸黑进山来到多宝坑。

这里是青溪镇的一个边远的小山村，党在这里设立了一个交通小站。这就是交通员邹日祥和江崔英夫妇的家。这里也曾经掩护和接待了一大批的革命同志。邹日祥的母亲就是为了掩护革命同志而牺牲在这里的。

周恩来到这里的时候，邹日祥等人当时并不知道他是谁，他们只听卢伟良讲，有重要的人物，要好好招待一下。那时他就叫他的弟弟邹洪祥去买了一只鸭子招待周恩来。

那时，因这里和福建这一带的人都热衷基督教，因此周恩来就化装成传教士。他留着浓浓的大胡子，穿着长长的黑衣服，胸前一闪一闪的十字架很醒目。

开饭时，江崔英端出一大碗香喷喷的鸭肉，还有荠菜炒鸭内脏、焖芋头，一并摆上四方桌。

周恩来微笑地夸奖说："这鸭煮得真香啊！"又问邹日祥，"你这里常有同志们来往，你能养这么多鸭子招待大家吗？别太浪费呀！"

大埔多宝坑交通小站旧址

江崔英马上接嘴道："来的都是客，先到先吃，鸭子吃完了，就吃鸭蛋呗。"

周恩来忍不住又夸奖道："好厉害的夫人啊！来，大家坐下来一起吃。"他们有说有笑地吃着丰盛的晚宴。

在外布防的卢伟良，觉得防卫已万无一失了，便放心地赶到多宝坑。

踏进门，见了周恩来，他无比高兴，连声说："老板，等您等得我们好苦啊，您终于来了！"

周恩来连忙招呼卢伟良入座，赞道："小卢，你这儿不错呀，乡亲们很好客，我像回到家里一样喽。"

卢伟良挠挠蓬乱的头发，大嘴咧开，傻笑道："老板，客家人好客，听说您要来，大家很兴奋，都盼望尽快见到您呢。山里粗茶淡饭，就将就些了。"

周恩来摆摆手，也幽默道："这满桌的山珍野味，还将就？我大年饭还没这档次呢。哈哈！"

这时，邹日祥一家还不知道这位客人为何人，因组织规定不好问。

中华人民共和国成立后，卢伟良在梅县任专员的时候，请邹日祥去梅州见他。他才说："那时候从这边过去的就是周总理。现在周总理还念念不忘你们，还打探你们的下落。"那时邹日祥才知道，那天送的就是周总理啊！

第二天在武装小组暗地里护送下，卢伟良、邹日祥带周恩来翻山越岭，走到闽粤边陲的小山村大埔长治伯公凹。

伯公凹分为上伯公凹和下伯公凹。上伯公凹为广东大埔县管辖，下伯公凹为福建永定县管辖，是两省的分界处。这里设有中共的交通小站。

卢伟良、邹日祥便和周恩来依依惜别了。

这天傍晚，周恩来等人来到伯公凹交通小站。交通员就是乡政府主席邱辉如。

邱辉如见周恩来穿着平民粗布衣，身带纸伞一把，手提一只草藤袋，仪表朴素大方，和蔼可亲。

邱辉如二话没说，急忙吩咐炊事员美兰煮饭。

周恩来连忙阻止道："别忙，我们已在多宝坑吃了饭。"

于是，邱辉如就交代美兰烧水，让他们洗个澡睡个好觉。

周恩来在取衣服洗澡时，取出一张介绍信给邱辉如。

邱辉如一瞧，却是草纸一张，里面没有一个字。肖桂昌告诉他："见水分详，看后要烤干还给他。"

邱辉如把草纸放在脸盆水里，一瞧，里面真的浮现了竖写两行字："上香汕""恩来行区"。

邱辉如明白了，今天他接待的正是党的重要领导人周恩来！

邱辉如内心十分激动，急忙把介绍信烤干后交还肖桂昌。

周恩来、肖桂昌洗完澡，就同邱辉如在夜灯下闲聊。

周恩来问："我们下站的路好不好走？"

邱辉如答道："有三四千米不好走，是农民耕田、上山砍柴走的路，原想把路开好，但怕影响交通线的秘密就没开了。"

邱辉如又说："为了保证交通线的安全，左右两旁村庄的坏分子早已肃清了。"

肖桂昌接着问："安全上还有其他问题吗？"

邱辉如答道："没有其他问题了。"

周恩来了解了路途的情况后，放心了。时间已不早，周恩来提议道："明早要赶路，大家早些休息吧。"

因房子窄，这一晚，他们几个人挤在一个房里安睡。

隔天一早，他们起床后吃了清粥、地瓜就启程。邱辉如送他们到西门交通小站，由站长张发春继续护送。

周恩来在张发春的护送下来到合溪交通中站。

合溪乡位于永定西北部的大山里，东与堂堡乡相连，南与金砂、西溪乡相靠，西与上杭稔田相依，北与上杭蓝溪相邻，有100多个小村，近万人口，但都分布在大山的坑洼里。

这天，张发春把周恩来等带到了合溪交通中站石塘村，站长苏春和永定县委书记萧向荣已在那里等候。

萧向荣系广东梅县新田人，1925年在国民革命军两次东征的影响下投身革命洪流，曾任中共东江特委秘书长，早就认识周恩来。

萧向荣一见一路风尘仆仆而来的周恩来，高兴地跑上前去，紧紧握住他的手："周书记，您一路辛苦了！我接到通知后，已在合溪等了2天了。"

"哦，向荣同志，我已听说你来苏区了，哪时离开东江的？"

萧向荣答道："我去年年初就离开东江，进入中央苏区，被调到永定的。"

"好，好，"周恩来落座后，便问，"永定到长汀还有多远？"

萧向荣赶忙递过一杯热茶："周书记，先喝口水，休息一下，我再详细向您汇报。"

萧向荣见周恩来这书生气质，而且长途跋涉，已显得疲倦了。此时已是晌午时分，萧向荣让站长苏春安排了丰盛的客家菜，款待周恩来等。

萧向荣抽空走进交通站里房，不一会，便招呼苏春进去，吩咐道："你快派交通员，把这信送到长汀，送给省委李沛群秘书长，让他火速放两匹马过来，把周书记送上长汀去。"

苏春听后，二话没说，就拿着信件出门去。

吃罢午餐，周恩来就急着催萧向荣："向荣同志，我们可要上路了。"

萧向荣笑着答："不忙，你一路辛苦，在这里多休息几天吧，让体力恢复了才走。"

周恩来严肃道："不行，不行！那边有许多事情要处理呢。"

这时萧向荣才道："周书记，这里离长汀有400多里，如果正常每天走70里路，也要走七八天才能到达。我已派人送信到长汀去，让省委放两匹马过来，接您过去。"

"哎哟，"周恩来连连摆手，"我说向荣同志，你别看我像一介书生，我的腿功却是幼年所练，走路还可以的嘛，别麻烦省委同志。"

萧向荣解释道："周书记，我知道您的时间宝贵，放马来接，起码可节省四五天时间。人走路和马飞跑可是两码事呐！"

既然萧向荣已派人去了，周恩来只得顺从。

第四天傍晚，门外就传来了"哒哒哒"的马蹄声。

周恩来正在听取萧向荣的工作汇报，听到马蹄声举目望去，见门口已停了两匹高大的白马，两名精干的红军战士翻身下马。

萧向荣便快步走出去，连声道："同志你们辛苦了，好快呀！"

只见战士回答道："接到通知，我们快马加鞭，一天一晚就赶到了。"

周恩来也迅步走出来，招呼两名战士一起吃晚餐。

夜幕降临时，周恩来、肖桂昌就在交通员的护送下，离开了合溪，经过虎岗，直奔长汀而去。

他们经过上杭的大地、白砂，很快就到达长汀地界。

省委代理秘书长李沛群、长汀县委书记李坚贞已在交通站等候多时了。

这时的中央苏区，处于一个历史的紧要关头。1931 年 11 月 7 日至 20 日，中华苏维埃第一次工农兵代表大会在瑞金胜利召开，宣告中华苏维埃共和国临时中央政府成立。25 日，组成以朱德为主席，王稼祥、彭德怀为副主席的中央革命军事委员会。27 日，大会选举出中华苏维埃共和国中央执行委员会并举行第一次会议，选举毛泽东为中华苏维埃政府主席，项英、张国焘为副主席。毛泽东兼任执行委员会主席。大会通过了周恩来起草的《宪法大纲》。

中华苏维埃第一次工农兵代表大会刚刚结束，大家的脸上还留有喜悦之色。

周恩来见到李沛群，便问："小李，你怎么在长汀？"

李沛群腼腆道："几个月前，省委调我到省委任代理秘书长。"

"哦……"周恩来双眉紧锁，"我已听向荣同志说闽西交通大站搬到长汀，但不知你已改任了……"

12 月 22 日，周恩来到达长汀。省委书记罗明也从瑞金赶回来了，见了周恩来，欣喜万分。

傍晚，吃完晚饭，罗明、李沛群、李坚贞就向他汇报了闽西的情况，周恩来认真地听着、记着。他听到红色根据地快速发展、红军队伍迅速壮大的情况时，就眉头舒展，脸露喜气；听到闽西肃反扩大化错杀不少同志时，脸色就严峻起来；听到闽西红二十军纵队司令、去年到上海向他汇报建立中央秘密交通线的卢肇西被错杀时，不禁震怒了！

"什么？卢肇西这样的好同志也被杀了？"

罗明沉痛地道："是的，被杀时，我们还蒙在鼓里。知道时，人头已落地了。"

周恩来感觉闽西苏区形势严峻，他要罗明把近来中央苏区和省委文件送给他看。

傍晚，汀州山城辛耕别墅的房里，露出一缕明亮的灯火，周恩来伏在案几上，认真地翻阅着文件，然后，沙沙沙地向中央写信。

"据我在途中所见到的闽西党的最近决议及中区党的文件，都还只言反AB 团反社党的成功，而未及他的错误。可见此事转变之难与问题的严重性。"他建议中央作一个有力的决议："中央如对闽西有决议，对中央区亦有力也。"①

第二天，周恩来指示李沛群，派交通员火速送上海中共中央。

交通员走后，周恩来便对李沛群道："小李，你还是回到闽西交通大站去，一路上我觉得这条交通线办得不错。闽西大站是进入中央苏区的重要门户，不能削弱，要加强。省委秘书长我让罗明同志重新物色人选。闽西交通大站要重新迁回永定去。长汀离红都瑞金近在咫尺，无须设大站，你准备一下，尽快回永定去！"

李沛群一听，马上道："好的，我服从组织安排。"

---

① 中共中央文献研究室编：《周恩来年谱》，中央文献出版社1989年版，第214页。

隔日，周恩来叮嘱了罗明，要他抓紧落实把李沛群调回闽西交通大站和把大站迁回永定。

第三天，李沛群就同肖桂昌拍马回永定上任了。

周恩来又同罗明商量，召集福建省委、省苏维埃和长汀县委的领导人开会。会议召开了，他作了长达8个小时的报告，对当前形势和党的任务作了详细的阐述。

12月25日晚，他又伏案灯下向中央政治局写了一封长信。信中说："汀州的繁盛，简直为全国苏区之冠……假使不是肃反工作做得那样严重错误，则群众的积极性与干部的产生必不致如现在感到困难。因此，加强党的正确领导，是闽西党的根本任务。"

信中主张闽西的发展方向，"以闽西独立师与红军三军团配合取下上杭、武平，巩固闽西根据地，与中央区完全打成一片，以红军第十二军主力军向闽北发展，与江西红军联成一致行动"。[①]

12月底，周恩来到达中央苏区首府，就任中央苏区中央局书记。翌年1月，周恩来主持中央苏区局会议，检讨中央苏区肃反工作的历史和现状，并在会上作了报告。会议通过《苏区中央局关于苏区肃反工作决议案》。决议案肯定"过去反AB团反社党斗争的正确和绝对必要"，同时指出"肃反工作中存在的扩大化、简单化的错误"，强调"中央局要以自我批评的精神，承认对于过去肃反工作中错误路线的领导责任"，"今后肃反工作，要执行彻底转变"。

由于周恩来的到来，迅速制止了中央苏区肃反扩大化的灾难，保护了中央苏区的革命力量。在他和毛泽东、朱德等的共同努力下，坚决抵制王明的"左"倾冒险主义的路线，带领中央苏区军民，取得了第四次反"围剿"的胜利，使中央苏区不断发展。

---

① 中共中央文献研究室编：《周恩来年谱》，中央文献出版社1989年版，第215页。

三、"表姐弟"上中央苏区

周恩来离开上海不久，邓颖超也很快通过秘密交通线上中央苏区。

1932 年 1 月，闽西交通大站站长李沛群接到一个特殊的任务，要他到汕头护送一位从上海来的"表姐"到中央苏区见"表姐夫"。"表姐"是谁呢？"表姐夫"又是谁呢？李沛群不得而知。

接到到汕头护送"表姐"的任务后，李沛群就从永定出发来到汕头。1932 年"一·二八"事变时他在汕头住了两夜，第三天晚上，汕头交通站陈彭年才带他去与护送的干部见面。见面后，李沛群才知道要护送的是邓颖超大姐，还有项英的妹妹项德芬及其丈夫余长生共 3 人。

李沛群和邓大姐早已认识。大革命时期邓大姐在广州开会时，两人经常见面。那时候她和蔡畅及阮啸仙的爱人高恬波都是广东省妇女解放协会的负责人。

这次他们见面的地点不是在交通站，而是金陵旅社。李沛群见到邓大姐后，约定第二天上午 8 点到汕头火车站见面，由汕头交通员送到火车站。他去火车站迎接邓大姐上火车到潮安，还有汕头站一位懂客家话的同志相陪。

当时，邓大姐穿普通老百姓衣服，中年妇女模样，头发结一个髻，是城市平民客商内人的装束。李沛群自己也是生意人的打扮，认邓大姐为他的表姐。因为她懂广州话，称他为"细佬"。

他们坐火车到潮安后即搭电船航行。经过数小时后，进入大埔三河坝，黄昏时抵达位于大埔北边的县城茶阳的大埔交通站。

到大埔经青溪，那里已有武装手枪队接应。邓颖超、李沛群等进入大埔时，天上下起了小雨，江面上雾气蒸腾，码头上停靠着一艘艘小船，其中有一艘是大埔青溪交通中站派来接他们的。那艘船的船桅杆上挂着一顶竹帽，这是自家船的标志，大埔交通中站的同志已在此等候多时了。对接上关系后，正当他们准备上船时，忽然岸上一名巡逻的国民党警卫队的士兵过来问话。邓大姐泰然自若，上前和他嘀咕了一番，她说的是广州话，那位巡逻士兵说的是客家话，大家都听不懂。巡逻士兵正要发火，李沛群连忙解释，说我们是表姐弟，邓大姐是广州人，他们要去福建找邓大姐的丈夫。那位巡逻的士兵就放他们走了。

5月1日，邓颖超他们到达闽西汀州。在汀州，邓颖超与赴汀州协同部署指挥红军东路军进攻漳州的丈夫周恩来相聚。

见到邓颖超跋山涉水月余，终于到达瑞金了，周恩来压在心头的大石终于落地，那兴奋的心情难以言表。

由于旅途的劳累，这时候邓颖超积痨咳血。为了及时治疗，周恩来马上安排她到中央苏区大后方——红都瑞金医院治疗。

此后，邓颖超任中共苏区中央局秘书长。在反击国民党军对中央苏区的第四、第五次"围剿"和党内王明"左"倾路线的斗争中，她与丈夫周恩来同甘共苦，并肩作战。

第十一章　护送珍闻(上)

顾顺章叛变前后，在周恩来和陈云的周密安排下，一大批党的重要干部撤离上海等地，经交通线护送上中央苏区，主要有项英、邓小平、刘少奇、聂荣臻、董必武、伍修权等300多人。

一、肩负重任的项英

1930年12月底，青溪浓雾弥江。小船靠岸，船上机灵的交通员陪着项英装作若无其事地走下木船。

新任的交通站长卢伟良迎上去，微笑着同项英点点头，便帮他提着行李，把他带往永丰店。

路上，项英小声问："老乡，你是本地人？"

卢伟良道："我去过上海汇报工作，见过您，但您不认识我。您可是全总书记项英同志。"

项英厚厚的嘴唇掀了掀："哦，还是老相识呢。"

卢伟良又道："我是梅县那边的，刚刚调到这里任交通站长。"

项英三句不离本行："听说大埔瓷业搞得很旺，有成立工会吗？"

卢伟良谦逊道："我初来乍到，情况了解不多。据我所知，这几年还成立了篷船工会、店员工会、陶瓷工会等行业工会。瓷业工会还算是成气候。大埔瓷业发达，工人也比较多，后来在高陂组成饶和埔陶业总工会，同毗邻的饶平九村、三饶的瓷业连成一片，颇具规模。"

项英满意地点点头，又问："工会主席是谁？"

卢伟良想了想说："以前是郭瘦真吧！"

项英一听："哦，郭瘦真？他不是已往汕头了？"

项英在 1928 年中共六大时便任中共中央政治局常委、全总书记，他对汕头这个重要城市、工会主席出身的地方党的负责人郭瘦真还是知道的。

卢伟良摇摇头："那我就不大清楚。"

说话间，他们便进入了挨在江边的永丰客栈。

余良晋夫妇见来了重要客人，便连忙招呼他上楼，然后就摆上丰盛的客家菜招待项英。

那晚，夜深了，项英望着窗外沉静的江面，望着飘浮不定的雾团，心中有事，久久不能入睡。

项英，原名项德隆，飞龙。这次上苏区，化名江钧。

项英的祖籍是武昌县舒安乡项家村。祖父会种花、植盆景，就由乡下搬到武昌城涵三宫落户，以种植花卉为业，当地人曾称他家是"项家花园"。父亲项天卫是县里管理钱粮簿册的职员。母亲夏氏，善良能干。他有二兄一妹，自己排行老三。

7 岁那年，项英开始进入武昌育才小学读书。他聪明伶俐，学习刻苦，作业认真，还很注意练习小楷毛笔字；几年后，就能帮助父亲誊抄钱粮簿册，减轻了父亲的劳动负担，深得父亲的欢心。

12 岁那年，项英父亲不幸早亡，家境迅速恶化，仅靠母亲纺织、刺绣和帮人洗衣等所得的微薄收入糊口，于是他因家穷不得不辍学，寻找职业。当时项英的叔父项仰之任武昌慈善会会长，有钱有势。但项英很有骨气，人穷志不短，不和他叔父家往来。亲友见他家日子难挨，劝他找叔父求情相帮。他气愤地说："他是个吃人的恶棍、欺压老百姓的魔王，不与这种人打交道！"

项英的话传到叔父耳朵。叔父听后，大发雷霆，臭骂："这小子是不孝之子！"

项英却理直气壮地对人们说："对那些骑在人民头上欺压人民的人，不仅不能孝，而且还要打倒他们！"

1913 年，15 岁的项英费了很大的周折，才进入武昌城模范大工厂（纺织厂）当学徒，而后，积极投身工人运动，成为武汉地区工运的积极分子，创立了第一个工人俱乐部。1922 年 4 月，项英由包惠僧介绍参加中国共产党。他是中共第三至第六届中央委员，第六届中央政治局委员、常委、书记处书记，担任过中共中央职工运动委员会书记，中华全国总工会委员长。

此时他将到中央苏区就任刚刚成立的中共苏区中央局代理书记、中央革命军事委员会主席。

中央苏区有许多棘手的事情亟待他前去解决。

去年年底，陈毅专程应召从瑞金前往上海，向中央汇报了中央苏区的情况，那时朱毛意见不合，中央苏区问题不少。最后，中央决定，仍由毛泽东担任红四军前委书记，主持中央苏区工作。陈毅回瑞金后，同朱德请回了在闽西休养的毛泽东，才使中央苏区工作恢复正常。

但是，不久前又发生了"富田事件"，扣押了红二十军领导。这时，中央苏区不少人思想混乱，事情真相如何，是非如何，该如何处理？本来，新成立的中央苏区局书记为周恩来，但中央的工作使周恩来抽不了身，中央决定让项英代理书记火速上中央苏区，去解决中央苏区面临的问题。

…………

让项英充满信心的是，他对毛泽东、朱德还是颇了解的，他知道毛泽东、朱德是中央苏区英明的领导者。

早在"二七"大罢工刚刚过后，作为"二七"大罢工委员会总干事的项英从武汉专程赴湖南，就"二七"大罢工的情况和经验教训，同毛泽东进行深入的交谈，他对毛泽东高屋建瓴的见解、分析深感折服。李维汉 1980 年在回忆时曾经说到，"二七"惨案发生不久，党中央派他任湘区书记，路过武汉，要他将中央的指示和钱带给项英。当时武汉正处于白色恐怖，《真报》和施洋律师事务所等联络点均遭到破坏，未能找到项英。他知道罢工已经失败，随即将信毁掉，将钱带到长沙。当他去毛泽东住处时，正碰到项英和毛泽东谈话，他随即将钱交给了项英，并向项英说明了带信的经过。[1]

此后，项英同毛泽东多次接触，多次一起参加党代表大会、中央全会，进行过长时间的交谈。

项英同朱德虽未谋面，但对朱德有丰富的军事工作经验，曾留学德国和苏联早有所闻。特别是南昌起义军南下广东失败时，朱德率领所部2000多人在饶平茂芝召开军事决策会议，鼓励指战员们将革命进行到底，作出"穿山西进，直奔湘南"的军事决策，经过"赣南三整"，增强了战斗力，并领导了"湘南暴动"扩大红军，上井冈山同毛泽东领导的秋收起义部队会师。"朱毛会师"成为党内外的美谈。

通过陈毅在上海的那场汇报，以及阅看陈毅所写的朱毛红军情况的材料，参与中央政治局讨论给红四军前委的指示信，他对毛泽东、朱德的领导艺术、革命策略、革命精神有深刻的印象，对他们都很敬佩，并且为即将同他们一起从事革命活动而感到高兴。

…………

江面飘浮不定的雾团，越来越重，远处传来咕咕的不知名的小鸟叫声，似童年时奶奶那暖心的催眠曲。项英觉得困了，闭上眼睛，渐渐进入梦乡……

隔日傍晚，卢伟良带着项英，趁着夜色爬上弯弯的石径，来到了伯公凹，把他送进永定苏区。

项英经过一番跋涉，终于来到了瑞金。他见到了毛泽东、朱德，便同他们交谈，向他们传达了党的六届三中全会精神，特别是根据红军和苏维埃区域发展的形势，确定了建立苏区中央局以加强党的领导，成立中央革命军事委员会以统一军事指挥，并一起商量了如何组建中共苏区中央局和

---

① 王辅一：《项英传》，中共党史出版社1995年版，第36页。

军委的问题。

这一段情况，项英本人在《自传》中是这样记述的：

三中全会后，中央派我到江西苏区，去开苏维埃代表大会，正式成立苏维埃中央，首先成立革命军事委员会，以我为主席，并代理党的中央局书记。于是，于1930年11月入苏区，到12月底经福建苏区到江西，与朱毛会合。这时，正是红军取得冲破第一次"围剿"，获得大胜利，将十八师师长张辉瓒活捉。从此，我放弃了多年来的工会工作和白区秘密斗争，开始学习军事和苏维埃政府工作。

这一年的夏天，任红二十二军军长的陈毅接到总前委要他去于都参加一个紧急会议的通知。具体内容没说。

陈毅心头很沉重，他想了许久，终于告诉了新婚不久的妻子肖菊英。

肖菊英出身书香门第，从小聪明伶俐，跟功名未就的父亲吟诗作画，自幼便有才女的美誉。1928年春，她参加信丰农民暴动，1930年6月，当陈毅率部打进信丰县后，她报名参加陈毅创建的红军干部学校学习。

肖菊英年方十八，正值青春年少，颀长的身材，白皙的皮肤，一对甜甜的酒窝挂在脸上，十分惹人喜爱。在校学习中，因常与她接触，工于律诗的陈毅便被这位才女吸引住了，两人便相恋。这年10月，部队攻下泰和时，两人便在庆功会上举行了婚礼。

本来，他们正是新婚燕尔之时，忽然来了个肃反扩大化，天空浮上黑压压的乌云。这时，陈毅犹豫再三，还是把心事告诉了妻子。他说要往于都开会，形势难以估计，吉凶难卜。请记住，如果他3天之内没有回来，也没有任何消息带回来，那他恐怕就永远回不来了！她就不要再等他，并劝她趁年轻，重新安排好今后的生活，走自己的路。陈毅最后叮嘱："哪怕是死，也决不能脱离革命队伍！菊英，记住了吗？"

陈毅一说完，忍不住滴下两颗晶莹的泪珠。

肖菊英扑在陈毅的怀里失声痛哭……

陈毅与警卫员骑马赶到于都，才知道是虚惊一场。原来召开的是准备反"围剿"的工作会议，会议只开一天就结束了。而后，陈毅和警卫员星夜策马回返，当途经兴国、于都交界的樟木山时，不巧遇上地主靖卫团的突然袭击，两匹马却在枪战中受惊逃散。两人且战且退，绕道返回兴国，第四天才回到家门口。

然而，陈毅万万料不到，他见到的是放在门口的肖菊英湿淋淋的尸体！原来，肖菊英心胆肉跳地等着丈夫回归，但3天过去了，丈夫还没归来，她万念俱灰，在第三天的深夜，便纵身跳进院内那黑咕隆咚的深井，表达了她对爱情的忠贞不渝和对肃反扩大化的强烈反抗！

陈毅一见，惊呆了，好半天才明白发生的一切。他后悔莫及，泪如泉涌，痛不欲生。

是夜，陈毅铺开宣纸，写下一首字字情、声声泪的《忆友》诗：

泉台幽幽汝何之？
检点遗物几首诗。
谁说而今人何在？
依稀门角见玉姿。

检点遗物几首诗，
几回读罢几回痴。
人间总比天堂好，
记否诺言连理枝。

依稀门角见玉姿，
定睛知误强自支。
正当送葬归来夜，

幽幽泉台汝何之。

昔日汝言生死好，
我今体味死去高。
艰难困苦几人负，
失友中年泪更滔。①

这个催人泪下的悲剧故事，让人唏嘘不已。

在那以后的一段时间，中央苏区重大问题的决定权都集中到中央代表团成员手中，不久，中央决定由毛泽东代理苏区中央局书记。而后，项英的精力转入即将召开的"一苏大"的筹备工作，在"一苏大"上，项英被选为中华苏维埃政府副主席。

二、"比翼双飞"的李富春和蔡畅

1931年7月，南国夏日炎炎。李富春和蔡畅夫妇从上海又一次赴香港，踏上这块他们熟悉的土地。他们准备往汕头、大埔，上中央苏区去。

香港，他们并不陌生。

1930年年初，组织决定派李富春和蔡畅去南方局工作。广州暴动失败后，中共广东省委遭到破坏，所以南方局设在香港。在香港坚持斗争，同样在危险中度日，那里也到处是特务、叛徒，李富春、蔡畅夫妇随时都要应变。但他们有一个机灵的小女儿，叫特特，帮了他们许多忙。

1928年，党组织决定把蔡畅在上海的家作为党的一个联络点。为掩人耳目，蔡畅派人去湖南老家接来了母亲和4岁的女儿李特特、蔡和森的女儿蔡妮、蔡畅姐姐的女儿刘昂，组成了一个有老有小的大家庭。

---

① 陈其明编著：《中央苏区珍闻录》，中国文史出版社2009年版，第117—118页。

那时候，上海被白色恐怖笼罩着。为了避开可恶视线，蔡畅一家经常搬家，搬一次家还要改一次姓，使年幼的小特特莫名其妙。她问妈妈："我怎么老是改姓？"蔡畅严厉地回答："小孩子不要多问，叫你姓什么你就姓什么，好好记住，不要说错了。"有一次，他们搬到一个新家，晚上蔡畅让小特特帮她用纸包砖头，然后放在箱子里。小特特又好奇地问："妈妈，往箱子里装那么多砖头干什么？"蔡畅瞅了她一眼说："小孩子不要管大人的事，不该问的不要问，更不要对外人说，要记住啊！"久之久之，特特习以为常了。

在特殊的斗争环境中，年仅4岁的小特特学会自己管自己，还常常帮大人的忙。在香港时，蔡畅夫妇随时都要应变，小特特同样担负着重任。有一次，蔡畅家里忽然来了两个人，挨着房间查看，小特特问他们要干什么，他们不理睬。蔡畅回来后，小特特马上将这一情况汇报。蔡畅立即警觉起来，拉上孩子的手，什么东西也没带就匆匆从后门走了。后来，他们得知那两个不速之客果然是特务。他们搬到新家后，为了及时给同志们留暗号，蔡畅每天都让小特特去找人，或者在秘密开会时，让小特特坐在门外放哨，见有外人来就大声地唱歌。蔡畅经常教育孩子："你要耐心做些工作，这也是革命。"在蔡畅的教育下，小特特从4岁起就投身革命工作，可说是中共最小的"潜伏者"。

李富春、蔡畅在香港的日子里，领导华南交通站饶卫华等人的工作，还成功地营救胡志明等二三十名越共同志……

这次，他们从上海坐船去香港，那里正是他们战斗了一年多的热土。在交通站李少石等的精心安排下，稍住几天后，他们就坐船来到了汕头，然后坐小火车到了潮州，在潮州城竹木门码头上船，逆流来到大埔。

李富春和蔡畅夫妇经大埔交通中站时，卢伟良特别派邹日祥与江崔英护送，这使他们夫妇倍感亲切。

江崔英帮蔡畅提行李箱，他们来到铁坑站树林下稍息。

蔡畅一路就觉察他们也是一对夫妻，便问："小崔，看样子，你们甚亲密，是自由恋爱的？"

江崔英红着脸道："大姐，您眼力好，是自己搞的。"

蔡畅高兴道："这就对，幸福都要自己创造出来的，那种父母主婚、三媒六娉就很难随愿幸福哈。"

蔡畅毕竟是中国妇女运动的先驱，三句不离本行。江崔英又滔滔不绝道："我们村成立了农会，农会开会时也常说妇女解放、婚姻自由，男女平等呢。"

蔡畅又问："你们夫妻俩都是交通员？"

江崔英说："日祥是正式的，我不是，是兼职的，但组织需要时我们全家都是交通员。"

李富春听着，连声称赞道："好、好，你们真是红色之家啊！"

从大埔青溪沙岗头永丰交通小站出发，经十多个小时的摸黑夜行，终于到了永定交通中站桃坑小站。

蔡畅与江崔英分别时，为了感谢她一路关照，便从身上取出一条白色手帕送给她留为纪念。江崔英再三拒收，蔡畅硬要给她。最后，江崔英说了声"谢谢"，便珍藏起来了。

隔日，突然永定交通站来了两个交通员，要找江崔英，说蔡畅要换那条手帕。

原来，凡从上海进入中央苏区的干部，临行前都按规定给他们一条写着密字的手帕作为介绍信，到了目的地后，将此手帕水一浸，即现出字来。

李富春和蔡畅为了应对途中敌人的检查，准备了另一条同样白色的手帕。蔡畅把一条有密信和一条空白的手帕放在一起了，虽然有记号，但黑夜中弄错，为了表示对江崔英夫妇星夜护送感谢之情，临别就把手帕送错了。

江崔英急忙把那条已贮藏在老柜子的手帕拿出来换了。她一直把这手帕珍藏起来，作为永生的留念。

却说李富春、蔡畅顺利到达闽西交通大站，李沛群一见，喜不自胜。

李富春看见李沛群神采奕奕，比一年前更加老练成熟了，满心欢喜，便道："小李，你这海边人到城市能适应，这山区你也适应了。"

"是呀，是呀！"李沛群冲泡工夫茶招待李富春、蔡畅，微笑答道，"一到虎岗，我就喜欢上了。山清水秀，人好客，一住就不想走了。"

"来，"李沛群递上两杯香喷喷的武夷岩茶，"这是我专留给贵客的，老首长到，就冲给你们试试，去年的武夷岩茶。"

李富春、蔡畅品了一口，连声称赞好茶。

李沛群忽然问："老首长，怎么没有把小特特带来，带小孩更可作掩护，不危险的。"

"唉，"蔡畅叹道，"我本来是打算带的，但老李怕路途遥远，怕发生意外，就不同意了。"

李富春道："没事，放在上海了，姥姥照顾她，还有孩子群，以后有条件再接她来。"

当下无话。第二天晚上，李沛群便送李富春、蔡畅出发往瑞金去。

三、邓小平江畔留墨

邓小平的女儿毛毛在《我的父亲邓小平》一书中有过这样的记述："7月中旬，父亲从上海上船，经广东赴江西。和他同行的，有一位女同志，名叫金维映，人们都称她为阿金……父亲和阿金是1931年在上海认识的，他们同被派往江西的苏区工作，一路同行，后来结为夫妻。"

夜色中，曾在上海中共中央任秘书长、时任红七军政委的邓小平和阿金秘密出发转移中央苏区。邓小平一身商人打扮，长袍，戴一顶礼帽。阿金则在脑后挽了一个发髻，一身富商太太的装束。他们坐着黄包车向外滩驶去，黄包车拣冷清的街面走。两人秘密在上海外滩十六铺乘坐太古洋行的轮船到达香港，数天后由香港交通大站派员护送到汕头。

1931年7月25日，接到上级通知，汕头交通站站长陈彭年早早就到汕头码头等候邓小平，可是左等右等等不到人；怕他们发生突发情况，他就先回到店里。

这时候店里来了一对二十七八岁的夫妇模样的人。男的矮个子，圆圆的脸，宽阔的额头，眼睛不大，炯炯有神。这正是邓小平同志呀！对方递给他一封信，拆开来是一张草纸，这是介绍信，要见水才能分详。陈彭年把信放在水盆里一看，里面写着两行字，右边一行写着"上香汕"，左边一行写着"邓小平金维映"，这是持信人所走的路线和姓名。

邓小平在上海时就认识陈彭年。邓小平笑着对他说："你这块大黑炭放在哪儿都烧得红火。"

受到邓小平赞扬的陈彭年很高兴："现在不只是一块大黑炭，而是黑炭团。"他指了指旁边的黄华对邓小平说："这是交通员黄华，他给你们带路。你们现在走吧，在汕头逗留有危险。"

来不及过多的告别，邓小平和阿金便和黄华一起离开了。

潮州古城的竹木门，当年邓小平就从这里坐船上大埔的。

邓小平等先乘车到潮州，在竹木门小食店吃过午饭，再搭小火轮到茶阳。

邓小平、金维映一行来到大埔茶阳的同天饭店。

交通小站站长孙世阶马上把他们迎进屋里。

落座后，孙世阶连忙泡上三杯茶水，道："大哥，一路辛苦了。"

邓小平人豪爽："叫我大哥也对，我最少大你五六岁吧。我今年28，你呢？"

孙世阶含笑道："对对，我才22岁，你就是大哥！"

"我叫邓小平，化名唐开元，你就叫我开元兄好了。"

孙世阶一听，高兴地握住邓小平的手连声说："开元兄，你好！"

其实，他已接到上级交通大站通知，今天有一位大领导要经过小站，想不到，竟是曾任中共中央秘书长，领导百色起义和龙州起义，创建中国工农红军第七军、第八军和左右江革命根据地的邓小平！

孙世阶自我介绍道："我是这小站站长孙世阶，自从设站以来，护送了近百名中央干部进入中央苏区，至目前还没出过事，大家都安全到达。"

邓小平听后，满意地说："我已听了介绍，这里既是游击区，又有国民党驻军及其民团。你们能机智战胜敌人，把同志们都安全护送上苏区，真是不容易啊！"

这一晚，邓小平和孙世阶谈了许久。

邓小平等人安睡后，孙世阶整晚没睡觉，领着几个"伙计"站岗放哨，守护着他们。

邓小平等人感到这个交通站是安全的，所以美美地睡了一觉。他们醒来时，孙世阶已做好丰盛的早餐，有客家传统的腌面、五及第汤，香喷喷的。

邓小平一见，连声说好。

孙世阶这边暗自安排交通员往青溪交通站报告站长卢伟良，说邓小平等今晚赴青溪。邓小平这时见屋里摆有文房四宝，桌面上也有一本唐诗，有一张宣纸写了一半。

邓小平一见，问："世阶，这字是你写的？还不错呀。"

孙世阶腼腆道："我原来是教书的，喜欢练字，马马虎虎吧。"

邓小平一时来兴，便顺手抓了一张宣纸，挥毫写下了李白的诗："朝辞白帝彩云间，千里江陵一日还……"

这诗表达了邓小平千里奔波，即将到中央苏区那难以抑制的兴奋心情……

天黑了，孙世阶带着两个"伙计"，用木船把邓小平等护送到青溪沙岗头。这时已是晚上11时多了。

卢伟良在永丰交通小站接待了邓小平和阿金。他俩休息1小时许，便趁黑上路。

卢伟良带两名武装队员护送。每走一个交通小站，都休息半小时。邓小平走路很快，这或许是在广西十万大山的陡峭山路锻炼出来的功夫吧。

次日早上 7 时许，他们就登上伯公凹。交通站站长邱辉如早已准备了早餐，在等候他们呢。

邓小平问："从这里到永定还有多远？"

邱辉如说："快了，走 30 里山路，就进入永定苏区的桃坑交通站，到那里就比较安全了。从永定桃坑到中央苏区瑞金，白天都可以行走。"

吃了早餐，他们又继续上路。

中午时分，他们顺利地把邓小平一行送到了永定桃坑交通站。

卢伟良深深地舒了一口气，内心道："终于又完成党交给的一项重要护送任务了。"

邓小平紧紧握住卢伟良的手，连声说："谢谢，谢谢！"

前面就是福建武夷山的松毛岭。

邓小平等翻过武夷山的松毛岭，就到达江西瑞金县境内。到了那里，省委的同志告诉他们，红一方面军总部机关和毛泽东、朱德等人前不久还在瑞金。他们听了高兴极了。就这样他们于 8 月底到达江西中央苏区瑞金驻地。

邓小平到达中央苏区时，正是中央苏区用人之际。很快中央苏区局就任命他为中共瑞金县委书记。邓小平以他卓越的才干，把瑞金县搞得红红火火。不久中央苏区就定都瑞金，在这里召开了中华苏维埃第一次工农兵代表大会。邓小平的夫人金维映被任命为中共于都县委书记，她也出色地把于都县建成模范县。她成为一名著名的女县委书记，为壮大中央苏区做出了贡献。在"全苏二大"上，她被选为中央执行委员。

第十二章　护送珍闻（中）

一、从苏联回国的董必武

1932 年 2 月，汕头绝密站站长陈彭年接到中央通知，让他担任中央苏区保卫科科长，中央交通员肖桂昌调离武昌，接任汕头绝密站站长。

肖桂昌接到上级指示，有一位重要人物要经汕头上中央苏区，要悉心护送，保证他的安全。

原来，这位重要人物正是中共一大代表、"延安五老"之一的董必武。

董必武是湖北黄安人，秀才出身，早年加入同盟会，参加辛亥革命。1914 年东渡日本留学，在东京日本大学法系科学习，参加中华革命党。他回国后，1919 年开始接受马克思主义。1920 年在武汉组织社会主义青年团和共产党早期组织。1921 年出席中国共产党第一次全国代表大会，是中共一大代表之一。随后，任中共武汉地方委员会书记等职。第一次国共合作时，任国民党候补中央执行委员、国民党湖北省党部常委、湖北省政府二厅厅长等职。蒋介石、汪精卫相继叛变革命后，他经上海去东京，后到苏联莫斯科中山大学学习，1932 年 2 月回国。

刚回国的董必武，受中央的安排，登上上海往汕头的客轮，远赴中央苏区。一路上，望着茫茫大海，知道马上就要到海滨城市汕头了，接着就要奔赴青山叠叠的中央苏区了，他的心情无比兴奋。

他踏上汕头西堤码头，只见老板模样打扮的肖桂昌已在码头等候他了。肖桂昌热情地向他点点头，轻声道："老板，一路辛苦。"

董必武也点点头。

肖桂昌把他接到后，马上送他上火车，悄声道："汕头眼下形势紧张，我们上路吧。"

于是，肖桂昌把董必武送到潮州的韩江岸边。这时，潮汕交通站的交通员把董必武带到了竹木门码头，已有大埔交通中站交通员余维基在那里等候。

那时，大埔交通中站知道护送的"干部"是有点来头的人物，他们接通知后即派船到了潮州。交通员余维基即与潮州交通站联系。但是潮州交通站却改变了主意，说不坐大埔交通站开来的木船，而要乘潮州开往大埔的商船。这样可能让这位"干部"扮装成商人混在人群中上船，比用木船单独接送更安全。他们还说，已为要送的"干部"买好船票了。

于是，大埔的余维基与潮州交通站派的两名交通员一起乘坐电船护送。余维邦则开着空船回大埔了。

说来也巧，这天乘客特别多，巡警对乘客的检查马马虎虎。董必武在余维基等交通员护送下终于混过关，顺利逆水到达大埔境内。

火船逆流而上开至茶阳时，已日落西山了。余维基带着董必武进了茶阳同天饭店。

第二天，孙世阶派小船把董必武护送到沙岗头青溪永丰店交余良晋。迨至傍晚，大埔交通站站长杨雄即派交通员江如良等护送。

这年，董必武年已46岁了，在已护送到中央苏区的干部中，可说为年长者。但他体力强壮，行动还很轻快。不上数小时，他们便翻过了多宝坑，到了伯公凹。

伯公凹交通小站设在依山而建的永安楼。交通站站长邱辉如陪着他。董必武对这客家土楼蛮有兴趣，问："这些土楼很有文化底蕴呀，是用什么建成的？"

邱辉如笑着道："是山顶的黄泥土，大门窗棂加灌红糖浆，楼墙里还加苗儿竹片，数百年了，都很牢固呢。"

董必武慨然道："这可是中国建筑的一绝呀，是优秀的中国传统文化，世界恐怕也独一无二，我们今后可要好好保护啊！"

在伯公凹交通小站稍息后，邱辉如就护送董必武上路，再走了3个多小时的崎岖山路，就到达了永定桃坑交通站，进入了永定苏区境内。

二、刘少奇夜宿潮州

1932年6月，中国工人运动的著名领袖刘少奇，在中央交通员黄华和张俊贤的护送下从上海乘船，经汕头后，来到了潮州交通站。

这时，潮州交通站交通员张华明早在火车站等候，只见一位身穿长袍马褂，头戴荷兰帽，30多岁，商人打扮的中年人，张华明便走了过去。见那人气质不凡，揣度应是他今天接应的"重要客人"。

在这客人身边的黄华，一见张华明，便抢先一步走过去，假装抽烟借火。他悄声道："小张，来人是重要干部，要好好照护，我们就回去了。"

张华明点点头，道："你放心，我们会小心的。"

说完，黄华便把张华明带到刘少奇跟前，悄声道："老板，这位是自己人。他会送您上那边去的。"

刘少奇兴奋地同黄华、张俊贤握手道别，感激地道："一路辛苦了！"

黄华走后，张华明就把刘少奇带到开元寺旁边的交通旅社。那晚，他们备了丰盛的潮汕菜，有潮汕蚝烙、狮头卤鹅、酸梅猪蹄。刘少奇吃得津津有味，连声称赞道："潮汕菜真好，别有一番风味。"

那晚，皎月初上时，张华明陪刘少奇来到韩江江边赏景。见到流水奔腾的韩江，又见到对面不远的峻秀的韩山，刘少奇不禁问："我知道这条江叫韩江，但对面山叫啥名呢？"张华明答道："叫韩山，韩山下建了一个祠，叫韩文公祠。"刘少奇听后，沉默一会儿，赞叹道："韩愈为官一任，造福一方。他真是唐朝一代贤官，仅仅治潮8个月，就留名千古，潮州山水都改姓韩了。"

刘少奇边说边沿江而行，轻轻地朗诵韩愈的《祭鳄鱼文》："刺史受天子命，守此土，治此民；而鳄鱼睅然不安溪潭，据处食民畜、熊、豕、鹿、獐，以肥其身，以种其子孙；与刺史亢拒……"

念着念着，蓦地，刘少奇停住了，问张华明："小张，韩愈治鳄后，以后鳄鱼有害百姓吗？"

张华明马上答道："我听当地老人讲过韩愈治鳄的故事，自从韩愈治鳄之后，据说鳄鱼就跑了，跑到北海去了，绝迹了。"

"哦，哦，"刘少奇高兴道，"韩愈治潮八月，治了鳄鱼，又给潮汕带来了中原文化，开了一代文明之风，难怪人们这么崇拜他。"

因隔日要继续征程，刘少奇不敢在韩江流连，溜达了一会儿，就在张华明的陪同下回到了交通旅社。

第二天一早，大埔交通站站长杨雄就早早乘船来到韩江竹木门码头接应。

杨雄把刘少奇的皮箱接过后，放在自己的座位下面。大家落座后，电船便突突地发动了。

时值初夏，正是雨季，韩江水涨，船开得飞快。当天下午就到达大埔茶阳。

杨雄把刘少奇带到同天饭店。

孙世阶见到"重要客人"，便马上泡上一壶西岩山春茶。

香喷喷的茶香把刘少奇吸引住了。他没有抽烟，却甚好茶，闻到茶香，精神为之一振，连声说："好香，好香！"

孙世阶这个"老板"，接待中央来的干部有了经验，尽量按他们的口味来做菜。如是否放辣椒，是咸还是淡，他都会在短暂的接触中了解到他们喜欢的口味，马上安排厨房煮出适合"家人"口味的好菜。

三杯茶过后，孙世阶便问："同志，听口音你是……"

刘少奇见是交通站的，也不见外："鄙人是湖南人。"

"哦。"孙世阶就知道湖南人喜欢吃辣，那晚煮菜就下了不少辣椒。

刘少奇吃着那盆客家特有的蚕蛹炒辣椒，辣香可口，连声称赞道："呀呀，我平生第一次吃到这么有味道的客家好菜啊！"

刘少奇在茶阳的同天饭店住了一晚，次日天黑即上路。

天不作美，又下起了毛毛细雨。

这时，卓雄的武装交通队把刘少奇接了过去。坐上小船，直往青溪而上……

三、林伯渠艰难爬山

1932年盛夏，从苏联回国的林伯渠已年近五十了。他是著名的"延安五老"之一，曾任过孙中山总统府的参赞，这回也被党中央派往中央苏区。

经一路奔波，他终于来到大埔茶阳同天饭店。孙世阶见来客长得身材高大，穿着对襟唐装，戴着深度近视眼镜，知道是有文墨的读书人。于是孙世阶吩咐厨房备上清淡的饭菜，好生款待。

饭毕，林伯渠见厅上挂着一幅龙飞凤舞的书法，是李白的诗"朝辞白帝彩云间，千里江陵一日还。两岸猿声啼不住，轻舟已过万重山"，但又没落款，甚感诧异。他细细品赏一会儿，问："小孙，这是谁留下的墨宝，很有气势，此人学过米芾。他是谁？"

孙世阶知道来客文化底子深厚，更加敬重他。他犹豫一下，望望周边无人，便悄声道："去年这时候，来了一位年轻的领导，二十六七岁，头圆圆，眼睛大大，精气神十足，一时兴来，挥毫而就。我甚叹服，就裱了，过往客人，无不赞赏。"

"不错，不错。"林伯渠正在猜测，题字者是谁呢。

孙世阶便嘻嘻傻笑着，央求道："老先生，您也给小店留下墨宝吧！"

说话间，卓雄已领着中央苏区政治保卫局武装小队走进来了。

卓雄吩咐孙世阶，趁天黑开拔。

林伯渠抱歉道："小孙，我字不好，下次再来时，一定写几个附庸风雅吧。”

林伯渠随着卓雄等，披星星，踏月影，迎着飕飕的山风，一路往永定而去。

林伯渠长年生活在国内城市和莫斯科，不会走山路，尤其是他穿的是城里人穿的皮鞋，容易留下脚印被敌人发现。

怎么办呢？卓雄眉头一皱，计上心头。他脱下自己的粗布外衣，三下两下撕成布条，把林伯渠的脚包裹起来。这会儿林伯渠走路轻便得多了，便奋力开始爬山。

爬着爬着，卓雄觉得他爬得很吃力，双眉打结。卓雄下令休息，他解开林伯渠的双脚，一见，脚底已磨破了，血淋淋的。卓雄心痛，咬紧牙关，便背着他一步一步登上荆棘丛生的大山，直往瑞金而去……

四、伍修权征途漫漫

伍修权作为中国最年轻的留苏学生，当时刚满 17 岁，是共青团员。他是同张闻天、王稼祥和乌兰夫等一起到苏联学习的。他在中山大学接受了马列主义基本理论的教育，在步兵学校学习了各种军事知识和战术技术等。

到 1931 年，他在苏联已生活了 5 年多的时间。他回忆说：“我除了正常所得的优厚待遇外，还有不少额外的收入。课余时间为宣传部门翻译各种文章和小册子，常有稿费可得，买公债又连得几次奖，生活相当安全而舒适。可是我在那里却一直不安心，怀念祖国之情，渴望投身于国内火热的斗争的意愿，日夜萦绕在我的心头……”①

那时，他的同学不少在苏联结了婚，“乐不思蜀”，他原来所在的共青团组织里面也有不少女同志，他们处得很好。只因他心想回国参加斗争，便向领导递上回国的申请书。

---

① 中共广东省委党史研究室、中共汕头市委党史研究室编：《红色交通线》，粤内登字 D10299 号，2009 年，第 138 页。

伍修权

他拿着中共代表团加盖公章的申请书前往苏共中央组织部，接待他的是一位很健壮的四十开外的女同志。

她的办公室很气派，宽敞的房子中间放一张漆黑色的大班桌，其中还有开会用的圆桌和成套的沙发。

她客气地让伍修权先谈。

伍修权知道这场谈话决定他的去留，便用诚恳的态度，讲了对祖国的思念，说要把在苏联学到的知识和本领，运用到祖国的实际斗争中去，不辜负联共（布）党及苏联同志们对他多年的培养教育。现在他作为联共（布）党员，向党汇报自己的想法，恳请党能考虑他的要求。

他的这番话，显然打动了这位女领导。她赞赏他的态度，认为讲得有理，应予支持，便马上签署了给中共中央代表团的复信，同意他回国。

伍修权心头的大石落地了。

当时秘密回国有三条路，一条是从西欧绕行，一条是走海参崴海路。这两条路比较安全，但费时太长，路费贵。他因回国心切，选取了最快也最不安全的第三条路，即从陆路偷越国境回国。办妥手续后，他坐上离开莫斯科的列车，奔回祖国。

与他同行的还有库图佐夫。

一路无语，火车开过了沈阳，不知大连出了什么事情，火车改点，到营口就不走了。他们在营口买了去青岛的轮船票，搭船到青岛稍作停留，又登上了开往上海的海轮。他们日夜兼程，直奔预定与党接关系的地方——上海而去。船进吴淞口，他们眺望着阔别已久的大上海，心里有说不出的高兴。

下船登岸后，他们很快到了预先指定的旅馆，找房间住下，按照规定的方法，在旅馆的公布板上，挂上写有自己代号的牌子，等着到时候就有人来找他们，对暗号、接关系。当时，从苏联回国的人员身上，都不带任何证明文件，只由共产国际发电报到中共中央，介绍回国人员，约定接头地点和方法，然后由中央派人来取得联系。他们也这样，做好了规定的一切，就轻松愉快地等人来接头。谁知他们太乐观了，在连续的顺利后，却遇到了意外的情况。他们在旅馆里等着，一直等了将近1个月，却总是不见组织上派人来。

那时的上海，正处在严重的白色恐怖之中。在他们到达上海的两个月前，党中央特科负责人顾顺章被捕叛变，供出了党的大量机密，使党的地下组织受到严重影响，不少同志因而遭到逮捕和牺牲。因此，他们在那里滞留的每日每时，都面临着危险。

他们万里奔波回到祖国，是远方归来的游子，好不容易回到母亲身旁，虽然近在咫尺，却就是见不到上级，连声音都听不到。他们刚到上海时欢欣热望的心情，现在完全被焦灼失望之感代替了。老是坐等也不是办法，他们就常常出去走动，希望能碰到什么偶然的机会。这个机会居然被伍修权碰到了！

一天晚上，他正在南京路上的先施公司附近闲逛，忽然碰到一个熟人，他叫张振亚（又名张存实），也是个老同志，曾经和他同时在苏联远东工作过。他一见张振亚，真是喜出望外，张振亚也高兴地拉住他道："小老弟，你也回来啦？"张振亚比伍修权大10岁左右，平时总是这样叫他的。张振亚关切地问他接上党的关系没有。不问犹可，一提此事，他正满腹焦愁，无人可诉呢。伍修权忍不住把面临的困境告诉了张振亚，问他能不能帮助找到组织，接上关系。

按照一般情况，像这样靠在大街上碰见熟人来接关系，是非常危险的。在那样尖锐复杂的斗争环境里，有的人昨天还是同志，今天可能变成叛徒、特务。但是他坚信张振亚是可靠的。伍修权对张振亚是了解的，张振亚是个斗争经验丰富的老同志，早年曾在冯玉祥的部队里工作过，20年代到过苏联东方大学和莫斯科中山大学学习后，又到过伯力苏联远东军司令部从事机密的情报工作，经常往返于中苏两国之间。他为人正直机敏，老成持重，伍修权一向很尊重和佩服他。这次意外重逢，给了伍修权很大希望，虽然他知道不通过组织和规定手续，直接找人接头是不允许的，但是与其坐等来人，不如抓住良机摆脱困境。他利用大街上的嘈杂纷乱作掩护，向张振亚同志如实谈了情况。张振亚听后想了想，让伍修权把住处告诉他，说过几天再听消息。

几天以后，果然有人来找他们了。来的人是他早就认识的吴德峰。吴德峰也是湖北人，早年在武汉从事过党的地下工作。他一知道吴德峰是代表党组织来同他们正式接关系的，不仅有一种他乡遇故知的喜悦，更像远归游子忽见亲人似的百感交集：我们的党终于派人来找我们了，1个月来的焦急愁苦烟消云散！

吴德峰找到他们，同他和库图佐夫分别谈了话。吴德峰了解他的情况后，说组织上已对他的工作作了初步安排，打算派他回武汉去做地下工作。吴德峰说不久前中央派陈启科去领导武汉的地下工作，陈启科却因情况不熟，刚去就被捕了。陈启科的被捕，造成武汉党组织的涣散，急需中央再派人去整顿组织，恢复工作；考虑到伍修权是武汉人，情况较熟，想派他去执行这项任务。

武汉是伍修权的故乡，更是他走上革命道路的起点。正是在那里，他的小学老师陈潭秋，于1923年介绍他加入了社会主义青年团，并在老师和董必武等同志的领导下，进行了革命活动；1925年，又是武汉的党组织选派他去苏联学习。武汉有他许多亲密战友、知己同学和可尊敬的老师，还有他的家人。他刚满17岁就离开了他们，远奔异国，一去多年无音讯，他们不知他的生死存亡，他也不知他们的任何近况。他是多么希望重返故土，看望亲人啊！

但是这些念头只在他心头一闪，他马上冷静地对吴德峰说："正因为我是武汉土生土长的，虽然熟悉情况，认识我的人却也不少，我的身份难以隐藏，对工作将带来极大的不便。同时我也只是知道一些过去的事情，现在形势早已发展，我同样得从头去熟悉新情况。我认为我去武汉工作不太适宜，虽然我个人十分怀念武汉，但是从党的利益出发，还是派别的同志去更好。"接着他又说自己在苏联学了多年军事，回国就是为了参加武装斗争，做军事工作是他的心愿。他请求党将他派往苏区，到红军部队，到前线去打仗！

吴德峰听完他的意见，认为可以考虑，就让他再等几天，由他请示组织后将决定通知他。几天后吴德峰又来了，说中央批准了他的要求，分配他去苏区做军事工作。和他同行的库图佐夫同志也被分配了工作。当时他们遵守地下工作的纪律，从不打听各自的情况，只大约知道库图佐夫要到江西去搞地下工作。

确定出发日期后，吴德峰领来一位叫郑重①的同志，陪他同行。郑重是江浙人，长期在上海工作。他们按照规定的路线，先买了从上海到香港的船票，两人一齐到了香港。那里的地下党组织派了一位广东籍交通员，领他们从香港乘船到汕头，改乘潮汕铁路的火车，到达潮州。那时伍修权手提着一个小箱子，里头的随身衣物中有几块普通手帕，其中一块就是他的秘密介绍信，他在那上面做了暗号，同肥皂、牙膏等日用品混在一起。在大埔下车后，他还是靠"沉着"二字，应付了国民党警察的反复检查。他一面从容大方地同那些家伙交谈，一面暗中看着他们把有暗号的手帕扔到一边，翻查别的东西，当然是什么也发现不了。这一关也就顺利通过了。

交通员领他们出了大埔车站，来到郊外河边，上了一条早在等候着的小船。沿河航行了几个小时，黄昏时分到达粤闽两省边界的青溪，找到那里的秘密交通站。他们当晚就向苏区进发，为了行动方便和减少目标，他的小箱子就不能带了。只能把最必要的东西挑出来，特别是那块小手帕，用个小包袱裹着缠在身上。收拾停当，他们就在交通员的带领下，连夜上了路。正是月黑风高之夜，他们寸步不离地紧跟在交通员后

---

① 据顾玉良同志回忆，可能是严重同志。

面，从交通员那坚定稳当的步伐和均匀舒展的呼吸声中，也感觉到交通员的沉着和信心。看来交通员对这段路真是熟悉，每一条沟坎，每一道小桥，他都记得清清楚楚。哪里要跳过，哪里要跨越，他总是及时地提醒他们。

翻过了一山又一山，伍修权一面注视着脚下的道路和前面的交通员，一面忍不住抬头看看前方夜空下云深不知处的远山，想象着正在那里隐藏和活跃着的千万战友，脚步不由轻快起来。他们身上越走越热，脚下愈走愈快，终于把黑夜抛到了身后，山林间无数的鸣禽飞鸟，伴着他们迎来了黎明。交通员指着远方被朝霞染红的山头，说那边就是苏区了，现在他们正处于苏区和白区的交界地带，因为这里是敌我对峙，互相出没的地方，他们必须迅速通过。为了避开国民党军队和地方保卫团的明堡暗哨，他们又得离开大道，专找人迹罕见的山间小径走。

从天黑开始，他们已经一步不停地连续跋涉了十几个小时，腿脚越来越沉重了，胳膊都酸了，汗水把眼睛渍得火辣辣的疼，连几斤重的小包裹也似乎成了千钧重负。但是他们的脚步却不肯慢下来，两眼不断地巡视着四方，耳朵也无时不在倾听着任何可疑的声响。谁知道这里有没有敌人的巡逻队或潜伏哨呢？

又走了一大段路，过一个深山中的小村，他们向老乡买了些粗糙的点心和茶水；急吃猛喝后，又继续赶路。小憩了几次，到红日西斜时，他们翻上了一座山头。交通员头一个跑上去，敞开衣襟边挥汗边兴奋地喊道："到啦，同志们，到家啦！"

家，就是苏区，就是他们的中央革命根据地，就是他们万里奔波的最终目的地。3个月前，他由苏联远东的伯力开始，从东到西，又从西到东地两次横贯苏联，接着又由我国最北方的边疆到达最南方的省份，闯过了一道又一道有形和无形的，内部加外部的各种关卡，终于迈进了苏区的大门。交通员指着山脚下一个村镇说，那就是中共闽粤赣省委及军区领导机关所在地虎岗。他站在山顶举目望去，只见苏区山林田野沐浴在一片火红色的落日余晖中。繁茂的树丛竹林迎风漫舞，村庄里正炊烟四起。山下一处平地上还有许多儿童团员在操练，队列整齐，精神抖擞。歌声飘扬，军号嘹亮，鸡鸣犬吠，牛哞羊咩，到处是生机勃勃的动人景象。伍修权深深地吸了几口苏区的空气，只觉它是那么清新，那么香甜，连日的紧张、劳累和饥渴一扫而光！他们欢乐而轻快地直奔虎岗而去。

伍修权后来回忆说：

　　我们下山找到闽粤赣省委，我把用手帕密写的介绍信交给了省委秘书长萧向荣同志。他用碘酒一洗，原来用米汤写的字就一一显示出来了。在省委的招待所休息了几天，萧向荣同志通知我，省委分配我去闽粤赣军区工作。当天我就去军区报了到。萧劲光同志是军区参谋长，他让我留在司令部工作。我高兴地接受了任务，换上了红军的粗布军衣，领到了我的全套装备，除了身上的军衣，还有一条夹被和一条毛巾。这点东西同我在苏联时的"财产"相比，就有点"寒碜"了。我在国外除几套换季的军服外，还有各式西装、衬衫、皮鞋、马靴，单是大衣就有几件，还有一笔数目可观的存款，这些全丢在伯力了。现在我更加珍惜和喜欢自己刚换上的粗布军衣，因为它是我们祖国自己的，是用许多同志的鲜血换来的！我出国的时候，我们的党还是很弱小的，而现在，不仅强大了几倍，更有了自己的军队和大片的革命根据地，如今我也成了这个军队的一员，我多年的愿望实现了。归国一路受到的艰辛煎熬，取得了报偿我为此感到自豪，我得到的东西比失去的不知珍贵了多少倍！①

---

①　中共广东省委党史研究室、中共汕头市委党史研究室编：《红色交通线》，粤内登字D10299号，2009年，第149—150页。

第十三章　护送珍闻（下）

一、石联星箱底里的红旗

1932 年春的一天，上海霞飞路和合坊里弄，著名电影演员、被誉为"赤色红星"的石联星和几名从湖北逃来的女学生，正在翘首等待来接她们的人。

"笃、笃、笃！"忽然，传来了三声敲门声。

石联星甚喜，急忙把门打开。

原来是互济会的老李，还带来了一位陌生人。那个人个儿不高，穿了一套广东人常穿的对襟上衣和大裤脚的长裤，看上去很不起眼，甚至像一名商人模样。他进来后，默不作声地坐在堆满纱布和药物的桌旁，灯光照射他的脸庞。他那深邃的黑眼珠炯炯有神，打量了她们一下，然后就独自掏出哈德门牌香烟轻松地抽起来。

石联星主演赵一曼

老李介绍道："这位是阿丙同志，是负责带你们到中央苏区去的交通员。他很能干，你们一路就听他的。"

这时，阿丙严肃的脸才呈现了淡淡的笑容。他操着流利的上海口音，说："我们很快就要出发了，你们赶快换掉学生装，穿上普通广东妇女穿的衣服，行李尽量简单些。"

说完，他从带来的行李箱里掏出两套广东妇女穿的衣服，边掏边道："这批只能去两人，人多不行。"

听了他的安排，经商量后，就决定让石联星和她的同学阿孔先走。

起程时她们除带简单的衣服外，最主要的是带了两木箱红旗，这是上海人民亲手绣给苏区和红军的礼物。她们乘黄包车，那两箱红旗用另一辆黄包车拉着。到了黄浦江边出海的码头，上下船的行人格外多，码头上还有人在检查旅客的行李。石联星心里正发愁那两箱红旗怎么办时，只见前面有两个戴红帽子的搬运夫已扛着那两只装红旗的木箱，穿过跳板上的人群向客船走去。她紧张地擦了擦头上的汗，跟在阿丙的身后走上了跳板，在人群中挤来挤去地上了船。进了统舱，那两位戴红帽子的搬运夫早已将箱子平平安安地放在船板上转身就走了。

船出了海，那天天气阴沉沉的，海面乌突突的，风浪很大。石联星和阿孔都是第一次坐海船，她们俩躺在统舱的躺椅上简直起不来，头晕得很，海风吹透了她们单薄的衣衫。虽是夏季，可还是感到很寒冷。石联星最担心的不是她自己，而是那两箱红旗，一是怕被敌人发现，二是怕乘客把它偷走了。可是她见阿丙躺得离她们不太远，他不怕船的摇晃，在船的摇晃中起身自如地在船上走来走去，一会儿给她们拿这个吃，一会儿给她们送点那个来。她们吃不下什么，而且还不断地呕吐。

可她们担心的那箱子，随着汹涌澎湃的海浪在船板上一会儿滑到船这边，一会儿滑到船那边，船上的乘客都躺在躺椅上，谁也不去注意它。有时船上的茶房过路碰到它，顺脚踢了它一下。它像是卑视他一般，随着船的摇晃又到了船的另一头，在风浪中像是在海船上散步，在海船上滑冰，在海船上旅行呢！可是石联星在当时简直愁得无法形容啊！阿丙呢？他像没事人似的，躺在躺椅上睡大觉。他是那样沉着老练，不怕风吹浪打的模样。他的一切使石联星那紧张而有些激动的心情逐渐平静下来了。虽然海风和雨仍然吹打她，在风雨中的海上，她晕沉沉的，但还能看到那两只箱子在船上游荡、游荡……一会儿她就进入了梦乡。

就这样她们在船上度过了风雨之夜。拂晓时她们顺利到达了旅途的第一站——汕头。

船靠岸后，阿丙找到两个脚夫扛着这两箱红旗进入海滨的一家大旅馆。阿丙和旅馆中一位20多岁的茶房打了个招呼后，这茶房机灵地接过箱子，然后很有礼貌地将石联星她俩安排在旅馆进门旁的一间不小的客房里住。旅馆出出进进的旅客都能看到她们，他们同样也能看到所有走过的人。阿丙买来许多新鲜的水果，一把把香蕉，一串串龙眼。他故意地将房门敞开，他们有说有笑地大吃起来，这时他们高兴极了。旅馆真是嘈杂，打麻将的，拉胡琴唱戏的，饮酒作乐的，国民党军官带着妓女出出进进，真是花天酒地，五花八门，应有尽有。阿丙显得非常悠闲的样子，拖着一双拖鞋，嘴上叼着一支香烟，大摇大摆地在旅馆门前踱来踱去。他这种轻松可给这俩初出茅庐的学生壮了胆，她们的心情不再那么紧张了，饭也能正常地吃下去了。她们平安无事地在这里过了一夜。

第二天他们带着这两箱红旗乘火车到了潮州，后又乘船到大埔。大埔这个交通站是紧靠河岸的。它是一座木结构的小楼，楼房一排窗户向着河面。从这排窗户不仅能瞭望到河上的行船，而且还可看到对岸的动静。在这排窗檐的下面挂了一串串的鱼肉，一眼看去是个普通而较富裕的人家。他们的小船靠岸后，立即有个挑夫将这两只箱子挑走。她俩随着阿丙一步步地走上岸边的坡道，走进这座沿河的楼房里。这家主人像迎接多年未见的亲人，又是沏茶，又是打洗脸水，一个小男孩拉着她俩的手笑嘻嘻地对她们说着广东话。老奶奶也说个不停，还抚摸着石联星的肩膀，紧拉着她的手，以热情的眼睛看了她们一遍又一遍，并与阿丙说了什么。她们对于他们讲出的不懂的语言和表情感到格外的温暖而又有些羞涩。

女主人从屋檐下取了鱼肉做菜给她们吃，她们真像到了家，到了她们从未享受过这般喜悦、高尚、纯真而又充满深切的爱的家。饭好了，大家围着桌子坐下来像吃团圆饭一样，吃着广东风味的饭菜。男女主人给她们夹菜，老奶奶一个劲地给她们夹菜，就连那位小弟弟也给她们夹菜，石联星碗里的菜堆得高高的，连饭也看不见了。他们又和阿丙讲着广东话，许多话都是说她俩的，他们那一双双笑眯眯的眼睛看着她们，显得格外亲热，边吃边谈，非常有趣，真比过年还热闹。

吃完这幸福的晚餐后，主人安排石联星和阿孔住在后面一间小屋里，屋很小，只能容纳两个人。这是沿着山坡造的房子，还有个木制的小走廊，这房子很有趣，也很特别。当时是夏夜，蚊子很多，老奶奶拿了小竹椅坐在她俩床头的走廊处守着她们，手里拿着一把大葵扇给她们赶蚊子。她们感到不安，却又感到幸福。老人家用那把葵扇缓慢地一下一下地扇着，那阵阵的凉风，带着母爱的柔情送她们进入了梦境。

雨打着树叶沙沙作响，屋檐下滴答的雨声也没把她们吵醒，睡得是那么香甜。坐在床头的老奶奶拿着那把葵扇像战士握着枪在那里站岗似的，没有一丝倦意。雨越下越大了，到了半夜，大雨滂沱，在电闪雷鸣中老奶奶轻轻地将石联星和阿孔推醒，示意她们赶快准备上路。他们全家都起来了，为他们做了简单的饭菜，老奶奶还给了她们草帽和两根棍儿。

出发时除阿丙外又添了两人，一位是挑箱子的，另一位在黑夜微弱灯光下看得出是位身材高大、脸型长方而很有毅力近 30 岁的人。他穿着对襟短衫，对襟衫有一排密密的排扣，显得很有精神，有两支手枪紧紧地插在腰间。他那敏捷的动作，使人感到他是一位机智、坚毅而又自信的人。他叫什么谁也没有介意。他挥动了一下手示意出发。石联星和老奶奶一家人默默地相视告别时，老奶奶急忙将一小包吃的东西塞到石联星和孔的手里。她们来不及有任何谢意的表示，就紧跟着阿丙与高个儿和挑东西的交通员悄悄地打开这座楼的后门，在瓢泼的大雨中急忙上了山路。

夜里黑得伸手不见五指，哗哗的大雨淋透了他们的全身。石联星和阿孔是城里的女大学生，从没在大山里走过夜路，开始迈步真不知从哪儿落脚。高个儿交通员牵着石联星，阿丙牵着阿孔，她们一脚泥一脚水、深一步浅一步地在山路上试探着走。后来慢慢好一点，他们就撒开手让她俩跟着他们走。为了不失掉联系，阿丙他们将一块白毛巾搭在各自的背上。这样确实好得多，在黑夜中感到眼前有块白净净的东西，起了引路的作用。他们淋得像落汤鸡似的，在泥里水里摔了一跤又一跤，但是仍然坚持前进。

有一次石联星摔到山坡下的草丛里，要不是阿丙将她拉上来不知会发生什么事。在雨中走了好几个夜晚，遇到的各种困难都被他们克服。当时她们只有一个念头，就是要跟上交通员走才能到达目的地——中央苏区。

在森林中行进时，远处鸟叫声越来越近，随着近处的鸟语出现了一个人，因为是黑夜无法看清他的面容。这人在阿丙的耳边说了些什么，然后他接替挑箱子的人，这时挑箱子的人便在黑暗中消失了。

他们继续在丛林中走着，高个儿交通员突然停住了脚步，随即退了两步。他迅速地将石联星拽到他的身后，石联星立即匍匐在地，听到他拉枪栓，准备与前来的敌人进行战斗。这时石联星的心砰砰砰疾速地跳着，她没有枪，也不会打枪，便狠狠地抓了一把带泥的石子在等待着。她紧紧地伏在高个儿交通员身后，感到生命完全交给高个儿交通员和阿丙他们了。她屏住呼吸，准备迎接一场奇特的战斗。这时雨淋着她也毫无感觉，只感到夜是那么严峻，森林是那样潜伏着活力，但又好像世界上一切都停止了运动。忽然不远处又响起悦耳的鸟叫声，一声连一声唱个不停，大地像被唱得苏醒了。高个儿交通员站起来将双枪插到腰间。她也从泥地里爬起来，长长地吁了一口气，然后跟着他们继续前进。

走了一段路，到了山坡上一个小亭子里，见到亭中有一个人影在晃动。这个人影靠近高个儿和阿丙，然后那人掏出干粮分给大伙儿吃。这个来人原来也是来接替挑两箱红旗的。

雨停了，丛林里的蚊子都出来了，像苍蝇那么大，真要吃人啦！叮得真难受。手上、腿上、脚上，凡是衣服遮不到的地方它绝不放过。他们的腿和脚由于在雨中行军，在泥里水里泡着，又没有办法弄到热水洗脚，干了湿，湿了干，加上蚊子咬，都烂得不成样子。石联星和阿孔由于缺乏锻炼，脚的溃烂比交通员要厉害得多。她们的鞋穿破了一双又一双，最后撕下衣服的一角把鞋绑起来继续走路。

她们仍艰辛地在林中行进。忽然发现前面有了小窝棚，进去后，里面有盏小油灯放在树桩上。灯旁和矮矮的床上有书报之类的东西。窝棚的两位主人书生气十足，见她们到来忙着烧水做饭。他们和阿丙一会儿说上海话，一会儿说福建话、广东话。小窝棚像盛不下他们的喜悦和欢乐。在这个交通站，他们休息了一天。

当他们到达另一交通站时已是下半夜了。这个交通站是在村头。他们走进一个农家，这是农民放农具杂物的屋子。少顷，有个人走进来，与阿丙拉拉手后，那人立即走到稻草堆前，将稻草扒开，然后推了一下墙，将他们分别推进了夹墙里，再将夹墙板合上堆上稻草，和原来一样。这个村子显得十分静寂，除了远处有几声犬吠外，什么也听不到。不一会儿，有人进屋了，拉开一下夹墙，从夹墙缝隙中送来水和粗糙的菜团子。他们在夹墙中吃着喝着，感到水是那样的甜，菜团子是那样的香。在这里她们又整整待了一天。夜幕来临了，那人又从夹墙缝隙中送来一些红薯干。他们看不见他的模样，也无法向他道一声谢就离开了这屋，匆匆地跟随交通员走出这个山村，又走进另一片森林。

在森林中走了大半夜，这早已是福建的地界了。天又下着毛毛细雨，通过树丛看到远处有一点闪烁着的灯光，当时石联星吃惊地停住了脚步，怕是敌人的驻点。高个儿交通员回头拉了她一下，示意要她快步地跟上他。他们越走越快，朝着灯光的方向几乎是疾速跑步前进。大约跑了2里多路，跑到柳树成荫的河边。河水闪闪发光，原来河中有条小小的渔船，船上挂了一盏小桅灯，放出红彤彤的光。船头站着一位白发苍苍的老艄公，他见他们到来，立即将船划到岸边。石联星和阿孔在众人的帮助下上了船，阿丙也随着将两箱红旗搬上了船。小渔船缓缓地离开岸，他们在船上看到高个儿交通员和挑行李的同志站在岸边的大树下，似乎在微笑着向他们招手。这时石联星真想跳上岸去紧紧地拉着他们，好好地看看他们，并向他们深深地道个谢，可是已无法这样做啊！

老艄公吹灭了桅灯，摇着橹，船已在河上疾行了。河水拍打着船板，潺潺的流水唱着优美动听的歌，像少女说不完的理想，像甜蜜的梦。船在河上荡漾、荡漾……静悄悄地离岸越来越远。河上升起了一层薄雾，透过细雨与薄雾仿佛还能看到在岸边的大树下站着高个儿和挑箱子的交通员，他们还在向她们招手……

雨丝织成的雾纱，成为掩护她们的天然帐篷，老艄公沉着地摇着橹。她们激动的心呀，像前进的渔船在潺潺流水中击起的浪花。船在河上静悄悄、静悄悄地前进，终于把他们送到了彼岸——红色苏维埃的土地上。

红色苏维埃的天是那样晴朗，红色苏维埃的土地是那样芳香。在这黎明的清晨，石联星呼吸了一口新鲜空气，与老艄公依依告别后，快活地跟着阿丙上岸。他们不再是夜行军了，替他们挑箱子的不再是无法辨认的无名英雄，而是一位健壮的广西劳动妇女了。她光着铁脚板，穿着一身月白色的布衣裤，皮肤白净中又透出红润，发髻上插满银制的花簪，小巧的耳环不时在耳垂下微微晃荡，显得分外俊俏。她对她们从城里来的姑娘，看了又看，瞧了又瞧，投射着亲切的目光。他们走了一段路，在小树丛中冲出来一队颈上扎着红领巾的儿童团。他们手中握着亮晶晶的红缨枪，将他们团团围住，向他们要路条。阿丙说："小同志，你们还不认识我？我就是路条，哈……"他们都笑了，可孩子们却严肃认真地说："不行！"阿丙说："好，我们一起到交通站去吧！"孩子们像押着犯人似地把他们押到山坡上的交通站。这时交通站门口的台阶上早已有几位同志在那里迎接他们了！

…………

几十年过去了，在石联星的心灵深处，一直怀念着不畏艰辛、风雨与共，护送她们上中央苏区的阿丙和这红色地下交通线上的同志。

大约在1962年，有位老友向石联星谈起，在1949年后，他到过大埔河边那座木结构的楼房（红色交通站）去参观时，听说这个交通站工作的人并不都是共产党员，而大都是党的外围组织的群众，有的是农协的成员。

他说有位交通员在上海市委办公厅当副主任，说他叫熊志华。当说到他的模样，石联星猜一定就是那位阿丙，她真是喜出望外。不久她到了上海，立即到上海市委大楼去看望熊志华。果然，一见面，一点不错就是他，就是那位沉着勇敢很有智谋的阿丙。开始他还认不出她，因为他来往送的人太多了，没等她谈几句当年他们在路上的情况时，他马上想起来了，高兴地笑了，和她一再握手。他说，送她们的那位高个儿交通员，在一次执行任务中牺牲了。

二、荆途一幕幕

聂荣臻

聂荣臻是在周恩来离开上海不久，于1931年冬就跟着上中央苏区的。

他经香港、汕头、潮州后进入大埔。

大埔交通中站接送他。他住在茶阳同天饭店。

聂荣臻生于1899年12月，重庆江津人。1919年10月，赴法国勤工俭学。1922年参加旅欧中国少年共产党（后改为中国社会主义青年团）。1923年3月，加入中国共产党。1924年，到苏联学习。1925年，从苏联回国后，任黄埔军校秘书兼政治教官。1926年7月，任中共广东区委军委特派员，参加北伐战争。1927年四一二反革命政变后，前往上海，协助周恩来将工人纠察队转入秘密活动，同年5月任中共中央军事部参谋长，并参加南昌起义，任中共前敌军委书记。1929年8月，任中共中央军委参谋长。

这年，聂荣臻才32岁。

见到聂荣臻，孙世阶觉得很有趣。他的眉毛像关公一样又黑又长，身体魁梧，威武雄壮，知道他应是行伍出身。

这年冬天，天寒地冻，孙世阶煮了热气腾腾的豆腐煲，加一盘猪头皮炒芹菜，一盘酒糟鸡肉，还烧了一壶客家娘酒。

孙世阶道:"同志,天寒,喝点土酿小酒取取暖。"

经过一路的颠簸,聂荣臻来到了这山城,见主人孙世阶这般热情,真像回到家里一样。他就放心地同孙世阶碰杯,喝了香喷喷的客家娘酒。

饭后,孙世阶知道聂荣臻一路劳顿,便叫伙计给打了一盆热水让聂荣臻泡泡脚。那一晚,聂荣臻睡了一个好觉。隔日傍晚,他在交通员的护送下,离开了同天饭店,经闽西而去……

李六如

1931年5月的一天,大埔交通站站长卢伟良接到通知,说要派船及交通员到潮州交通站接人。于是卢伟良派交通员余均平、郑启彬装成客人住进潮州交通旅店。

那晚,潮州交通员张华明把一位从香港来的客人交给余均平他们。

余均平打量了一下客人,只见他四十开外,兼有文人和武夫的气质,不失儒雅而又威武之风。

李六如

这位客人叫李六如,出生于湖南平江嘉义一个商人家庭。1907年,他投笔从戎。1908年赴武昌参加新军。武昌起义时,他被任为第四镇标统(相当于团长)参加了阳夏战争。1913年,他入日本明治大学读政治经济科。1918年,毕业回国,在家乡集资办工厂,创办工农夜校。1920年,到长沙倡导平民教育运动,并创办县报。1926年7月,任国民革命军第二军第四师党代表。1927年夏,参加组织秋收暴动。后赴上海,受周恩来领导,从事党的地下工作。1928年冬,受命前往新加坡从事革命活动,任中共南洋临委宣传部部长。1929年到香港,在中共中央南方局宣传部工作,以做生意为名,与王稼祥、刘昂等以父子、父女相称,组成假家庭,掩护党的地下工作。

隔日清早，他们坐上小火轮逆流而上，到了茶阳同天饭店住宿。

第二天，余均平、郑启彬又用小船把李六如护送到青溪沙岗头永丰饭店交通小站。

卢伟良远远地看到李六如来了，就快步迎上去。

卢伟良去年从上海经香港时，在香港受到李六如的接待，半年未见，想不到在大埔深山又见面了。

卢伟良赶上前去，紧紧握住李六如的手，连声道："辛苦了，辛苦了！"

李六如欣喜道："小卢，想不到会在这里见到您！你们交通站办得好，安全、周到，我们像回到家里一样！"

寒暄一阵之后，已是日暮了，山里天黑得很快，很快就伸手不见五指。卢伟良便同邹日祥、江如良一道，趁天黑没人注意，把李六如护送上多宝坑。到了多宝坑，江崔英已备了丰盛的客家菜在等待他们了……

伍云甫

1931年2月中旬，淫雨霏霏，大埔山野被浓雾笼罩，白蒙蒙一片。

这天，闽西交通大站接到电报，转达大埔交通中站，准备接应中央派往苏区的科技干部伍云甫一行。

以下是伍云甫1961年接受《红旗飘飘》专访的回忆：

我们化装成华侨商人，搭乘一艘法国邮船抵达香港，从香港又改乘日本轮船到汕头，而后沿着韩江北上。那天傍晚，远远看到一只小船向我们搭乘的轮船划来。小船越来越近了，从船夫穿着上的特征，知道这是我们的交通同志。我叫小船停下来，跳上小船。交通同志把我们送到了大埔，住进我们的地下联络站——一个酒店里。

酒店"老板"很像是个惯走江湖的人物，他的那套殷勤奉承的手腕，把当地的那些小权贵摆弄得服服帖帖。因此生意越做越好，谁也不会怀疑这个酒店竟是红色的。在他的掩护下，不知有多少革命同志，多少重要物资安全地进入了苏区。我们到了酒店，"老板"用那双滴溜溜转瓣机灵眼睛打量了我们一下，没有说什么，就叫"伙计"带我们到上楼休息了。我和同行的同志轻轻地说："到了朱贵的酒店，不愁上不了梁山啦!"

"老板"上楼来了，我们焦急地请他赶快护送我们到苏区去。"老板"摇摇手，往楼板上那个破洞指了指。我一看，原来有几个横眉竖眼的家伙正在喝酒呢!侧耳听他们说话，知道他们是民团里的，马上要上山巡逻。我们只好死心踏地睡觉，睡到半夜，"老板"叫我们起来，说："走吧!"他随即派了几个"伙计"送了我们一程路。

在皎洁的月色下，我们安全地翻过了一座又一座山梁。天快明的时候，猛听得前方不远的地方传来了一声："口令!站住"!我们倒着实一惊。交通同志不知回了对方一句什么，转身对我们说："到家了!"

除以上叙述之外，经中央秘密交通线上中央苏区的，先后有王稼祥、李卓然、徐特立、张爱萍、萧劲光、邓发、左权、刘伯坚、萧向荣、舒同、李克农、何叔衡、王首道、朱瑞、任弼时、刘伯承、陆定一、顾作霖、黄火青、杨尚昆、李维汉、陈赓、瞿秋白、陈潭秋、谢觉哉、潘汉年、欧阳钦、王观澜、李伯钊、刘畴西、黄甦、霍紫青、贺诚、梁广、罗明、谢小梅、蔡纽湘、危拱之、李德生、胡底、钱壮飞、刘书文、胡均鹤、贺昌、梁柏台、毛泽民、谢育才、余泽洪夫妇、吴德峰夫妇、葛耀山、李家富、李文棠、庄振风、杨友青、阙思颖、程子华、唐文员、曾希圣、李氓、刘晓、周月林、张亮、乐少华、张和、郭琼秀、孔祥播、钟伟剑、祝志澄、顾兴瑞、王盛荣、李弥庭、毕士娣、赵定成、钱希均、陈盛明、沙可夫、吴亮军、钱之光、周建屏、成仿吾、唐义员等300多人。

他们都是通过中央秘密交通线，从1930年至1934年先后进入中央苏区的，为中央苏区的发展及以后中国的革命和建设事业做出了重要的贡献。

第十四章　中共中央机关大转移

一、临危受命的博古

1931 年 9 月初，周恩来、王明（陈绍禹）到博古（秦邦宪）住所，告诉他周恩来将去中央苏区任书记，王明将去共产国际中国代表团任团长，委托他主持中央工作。不久，周恩来、王明、卢坦福、博古在一个小酒店会面，决定成立中共临时中央，不设书记，由博古总负责。

9 月下旬，根据共产国际远东局提议，在上海成立中共临时中央政治局，由博古、张闻天（洛甫）、卢福坦、李竹声、康生、陈云 6 人组成，博古、张闻天、卢福坦为常委。

这么一来，年仅 24 岁的博古感到很吃惊，担心手续不健全。后知道已报共产国际批准，他就放心了。尽管担任过中共山东省委书记的卢福坦不服，有意见，但博古不管那么多，他照当了这个"总负责"。

其实，在 4 月份，博古才从一个不是中央委员的共青团中央宣传部部长改任团中央书记。前团中央书记温裕成因贪污被撤职。博古出任团中央书记后，意气风发，满腔热情地投入青年运动中去，他领导的团中央受到了共产国际的好评。

博古认为团的工作能领导好，难道党的工作就不能领导好吗？何况他在苏联学习了那么多马克思列宁主义的理论。他认为当前党正处在困难的时期，临危受命，义不容辞。他又考虑到有共产国际的信任支持，在党中央工作的同志又多是莫斯科的同学，工作起来一定会比较容易协调。

"实际上，他还不大了解中国的实际，不大了解中国错综复杂的阶级关系，不大了解中国社会诸矛盾的本质，不大了解中国革命的特点，不大了解中国革命的客观规律；仅凭读了马列和斯大林的书，就自信能够驾驭整个中国革命的胜利运行。真是初生牛犊不怕虎，他是多么自负，又是多么天真。这个仅仅24岁的青年就这样接受了这一沉重的担子。"①

博古主持中共临时中央后，继续贯彻执行六届四中全会上所确定的方针政策。

1931年9月18日，发生了侵华日军在沈阳策划制造的震惊中外的九一八事变。9月22日，博古主持召开临时中央会议，通过了由他起草的《中央关于日本帝国主义强占满洲事变的决定》，郑重表明中共的态度。根据临时中央会议的精神，9月25日，赣西南、闽粤赣、湘鄂西、鄂豫皖、湘东南、鄂豫边、湘鄂赣、晋绥等地区苏维埃政府的驻沪代表，联合发表了《中国各地苏维埃政府为日本帝国主义强占东三省告全国民众书》。同日，中国工农红军以朱德、毛泽东、贺龙、彭德怀等的名义，发表了《为日本帝国主义强占满洲告白军士兵兄弟书》。在中国共产党的号召下和领导下，全国抗日救亡运动蓬勃兴起。

11月7日至20日，中华苏维埃第一次全国代表大会在以毛泽东为代理书记的中央局领导下成功召开，产生了以毛泽东为主席的中华苏维埃共和国临时中央政府。

12月18日，中共临时中央由博古主持召开常委会，讨论"关于争取数省首先胜利的问题"。博古在会上作了发言。经过讨论研究，并认真修改后，以《中央关于争取革命在一省与数省首先胜利的决议》于1932年1月9日下发。这一决议比较典型地反映了博古主持的中共临时中央贯彻执行共产国际"左"倾错误的主张。

在此期间，1931年10月，博古主持的中共临时中央根据8月份周恩来、

---

① 吴葆朴、李志英：《秦邦宪（博古）传》，中共党史出版社2007年版，第86页。

上海中共中央常委会议机关旧址

王明起草的指示信精神，再一次给苏区中央局发出编号为第 4 号的指示电。这期间，中共临时中央还研究了江苏纪念"五一"工作、沪西罢工斗争与上海电话工人罢工斗争、关于第四次反"围剿"、关于国联调查团报告书、援助东北义勇军、中共江苏省委征收党费问题等工作，并在上海秘密召开中共北方各省委代表联席会议（又称北方会议）。

1932 年 12 月，上海地下党又一次遭到破坏，形势越来越严峻。在上海的团中央交通员黎行被捕叛变，团省委巡视员李干城、团区委书记和沪西区委书记孔昭辛也遭逮捕，事态继续扩大；担任团省委领导的胡钧鹤等多人被捕叛变，直接威胁到主管群众工作的陈云。陈云得到杨尚昆的报警后，迅速转移。这时，中共临时中央政治局常委卢福坦也被捕叛变。张闻天的住所被敌人发现。张闻天因事外出幸免于难，只好迁往摩律斯新村（现名重北公寓，临上海重庆北路和人民公园）隐蔽下来。他深感自己的处境十分危险，便向博古提出去中央苏区工作，而博古希望他能到北方局开展工作，由于意见不一，因此电共产国际请示。

共产国际研究答复：整个中共首脑机关迁入江西中央苏区。确定博古、张闻天、陈云去江西中央苏区，康生去莫斯科，上海组织中央分局，留下李竹声负责，而上海中央局继续和共产国际远东局联系并受其指导。

二、陈云为大转移日夜奔波

中央特科担负着保护中共中央机关安全的重任。陈云主持中央特科后，日夜为中共中央的安全费尽心思。

1932年5月，国民党中央组织部调查科派马绍武到上海，筹建上海行动区。11月，建立国民党中央组织部调查科上海行动区总部，以侦破中共中央在上海的秘密机关为行动目标。他们利用叛徒，安插内奸，积极破坏上海的中共地下组织。

在这种恶劣形势下，临时中央在上海的行动日趋艰难，不得不把一些党的重要领导人陆续转移出上海。12月下旬，陈云接受了中央交给他的一项重要任务，就是秘密到上海北四川路鲁迅先生的寓所，去帮助瞿秋白及其夫人杨之华转移。

瞿秋白一直受到国民党特务的追踪。当时他病得很重，不能远离上海，中央特科把他安排在鲁迅家中隐蔽。虽然鲁迅这时也受到国民党特务监视，但鲁迅还是尽力保护瞿秋白夫妇。随着国民党特务活动的日益猖獗，为了保护瞿秋白的安全，也为了保护鲁迅，中央特科决定把瞿秋白转移到其他地方。

《陈云传》对此描述道：

这是阴历十一月一个下着小雨的夜晚，大约已到深夜十一时了。陈云坐着一辆黄包车，把铜盆帽压到眉毛以下，把一件旧西装大衣的领子翻起，掩住双颊。黄包车夫到北四川路一处停下。陈云看看四周没有人盯梢，便迅速沿街走进一座三层楼住宅，上了三楼，按照中央特科预先告诉的门上记号，找到了鲁迅的家。陈云轻轻地叩了两下房门，里面出来一位妇女。陈云问："周先生在家吗？我是×先生要我来，与×先生会面的。"女主人听罢，很客气地把陈云请了进去。

这时，瞿秋白的东西已准备好了，只有两个小包袱。其中一个装着几本书和一些文稿，另一个装着几件换洗的衣服。陈云奇怪地问："还有东西吗？为什么连提箱也没有？"瞿秋白说："我的一生财产尽在于此了。"他接着问陈云："远不远？"陈云说："很远，我去叫三辆黄包车。"说着，陈云准备下楼去叫车子。鲁迅这时对陈云说："不用你去，我让别人去叫黄包车。"说着，他招呼女主人去叫黄包车。

乘此机会，瞿秋白把鲁迅和陈云互相作了介绍。陈云上前尊敬地说了一声："久仰得很！"这是他第一次见鲁迅。鲁迅穿着一件旧的灰布棉袍，庄重而略带忧愁的面容显示出他非常担心瞿秋白夫妇和陈云的安全。他问道："正好天已下雨，我们把黄包车的篷子撑起，路上不妨事的。"一会儿，女主人回来说："车子已经停在路口。"陈云就提起一个包袱，说："走吧！"瞿秋白走到门口，想起一件事，对鲁迅说："我要的那两本书，请你以后就交给××带给我，或者再请陈云同志来这里拿一下。"……鲁迅又叮嘱瞿秋白说："今晚你平安到达那里以后，明天请××来告诉我一声，免得我担心。"瞿秋白答应了一声。

他们三人往楼下走去。鲁迅和女主人站在门口，一直目送着他们。陈云走到楼梯拐弯处，回头望去，仍看到鲁迅那副庄严而带着忧愁的脸色。这副面容在陈云脑海中留下深刻的印象。后来陈云在莫斯科列宁学院学习时，听到鲁迅逝世的消息，他满脑子都是鲁迅这个形象，连夜写了《一个深夜》的短文，记叙那个令他终身难忘的夜晚。①

护送瞿秋白后，又出叛徒了，情况很危急，中央要通知陈云，一时找不到他。杨尚昆这时已停止在上海的工作联系，准备进入苏区。不久前，他在全总做救济工作时，由时任全总负责人的陈云领导，故而知道陈云的住处。由于情况紧急，中央特科不得不派人找杨尚昆。杨尚昆说："那是几个月之前的事，现在还是否还住在那里不敢说。"但事情紧急，杨尚昆答应

---

① 中共中央文献研究室编：《陈云传》，中央文献出版社2015年版，第130—131页。

去闯一下。

这时，陈云以商务印书馆职员的身份作掩护，穿长袍，住在北四川路的石库门住房的前楼。后楼住的是陶恒芙，是内科专家陶恒乐的姐姐。这里离杨尚昆隐蔽的静安寺路梅园新村比较远。

杨尚昆回忆说：

这一天，下着瓢泼大雨，天气阴冷。我心情很紧张，雇了一辆黄包车赶去，把车前的挡雨帘子放下。陈云住处的现状如何，我一无所知。但特务抓人时，附近通常总能发现异状，比如弄堂口停着黑色警车，暗探在周围审视来往行人等。我到目的地时，小心地观察，再看报警的暗号有没有动。发现没有动，这才鼓起勇气去敲门。这时，天已黑了，陈云同志还没有回来。我便写了个字条，意思是那边出了问题，托陶恒芙务必转交陈云本人。说罢，急忙离开。①

陈云回来后，看到条子就迅速转移了。后来在延安，陈云看到杨尚昆，还感激地说："老杨，那次要不是你向我报警，我可能出危险！"

三、博古、张闻天、陈云"三驾马车"齐驱

顾顺章叛变后，如何使处于危险处境的上海中央领导和党的同志安全转移？这是周恩来和中央特科负责人的当务之急。把干部转移到中央苏区去，是最安全的选择。如何保证中央秘密交通线不受破坏、畅通无阻，把白区干部输送过去？

汕头中法药行分号因顾顺章知情，周恩来指示马上停用。数月后，周恩来见顾顺章对汕庆中法药行分号并没有任何动作，判断他并不知情，于

---

① 《杨尚昆回忆录》，中央文献出版社 2001 年版，第 66—67 页。

是又马上决定启用中法药行，发挥它的重要作用。周恩来和陈云商量后，决定派秦邦礼（博古的弟弟）到汕头，主持启用汕头中法药行分号绝密交通站，以完成当前从上海往中央苏区转移干部的紧急任务。

此前，因卢福坦叛变供出张闻天的住址，陈云已派人先行护送张闻天到汕头，准备待博古、陈云到时一同会合上中央苏区。但汕头形势严峻，肖桂昌把张闻天护送上大埔，先行上中央苏区。

交通员肖桂昌和张超把张闻天护送到大埔后，住进了茶阳同天饭店交通小站。这时，大埔交通站站长杨雄正在等候。

张闻天一进同天饭店，就焦急地找厕所。

肖桂昌解释说："客人路上肚子不舒服。"

孙世阶连忙带张闻天去如厕。

杨雄关切问："吃药了吗？"

肖桂昌道："客人身上没带药。"

杨雄急忙让交通员前往药店购药。

张闻天如厕回来，孙世阶马上安置他往客房休息。

杨雄和肖桂昌前往客房探望。

杨雄问："同志，肚子好些吗？"

说着，交通员已买来了香港产的"整肠丸"，孙世阶端来了一碗开水，张闻天喝下，不一会儿就不痛了。

张闻天微笑道："麻烦大家了。"

第二天，张闻天的肚痛腹泻已愈，精神好多了。傍晚时分，中央苏区武装短枪队就到达了同天饭店。

张闻天告别了肖桂昌、杨雄、孙世阶他们，便趁天黑前往中央苏区。

1933年1月17日，在中央交通员的护送下，陈云、博古在张闻天出发几天后就秘密离开上海，乘船前往厦门；后又从厦门转到香港，再从香港经汕头、大埔、永定进入中央苏区。这时张闻天已走了。

博古和陈云乘船到达汕头，住在上海中法药行汕头分店这个秘密联络站内。在经理室，博古和陈云与秦邦礼进行秘密谈话，陈云一再嘱咐秦邦礼，要注意联络站的安全，凡是中央苏区送交上海党中央的机要文件都要亲自护送。[①]

在汕头住了一晚，他们无暇欣赏汕头海滨城市的秀丽风光，到汕头中法药行分号绝密站同秦邦礼见面，交代一下工作后，便匆匆乘坐小火车到潮州，再换乘火车至大埔。上岸后，卓雄就率领武装交通队前来接应。

卓雄，生于江西泰和，12岁就参加革命，1930年即15岁时担任红三军团第九师第九团团长，后任中央保卫局执行科科长，是中央苏区武装交通保卫队负责人。

尽管他们十分谨慎，还是差一点出了大事。当他们走到福建永定县游击区时，卓雄把陈云、博古安排在一个废弃的煤坑里休息，正好碰到了国民党军队上千人搜山，而他们只有十几名武装交通员。卓雄急中生智，带领2名交通员绕到另一个山头上连打几枪，把敌军吸引过去，另外一些人则带着陈云和博古趁机突围，这才化险为夷。

卓雄带着这支秘密交通武装保卫队，化装成当地老百姓，每人都持有一支盒子枪，一支小手枪，腰间还捆了一袋食盐。因为苏区食盐奇缺，这袋食盐是预备回苏区路上食用的。为了不让敌人发觉，他们日宿夜行，夜间行路时，凡是有火光和狗叫的地方，都得避开；白天在离村庄三五里远的山沟里找到树木和杂草丛生的地方隐蔽休息；遇到下雨就用树枝架上树叶避雨，当地人称"马架子"。到天黑时才有人把饭送来，他们吃的是一些红米、红薯、南瓜、苦菜之类的食物。

穿过福建境内的游击区永定县，辗转到上杭地区，经才溪乡进入中央苏区。陈云曾对他的秘书朱佳木说，进入苏区后他问接应的同志，是不是

---

① 吴葆朴、李志英:《秦邦宪(博古)传》，中共党史出版社2007年版，第103页。

已经到了苏区？接应的同志说，已经到了。于是，他躺在地上，面朝天空大喊了三声"共产党万岁"。因为过去长期在白区工作，一天到晚要隐蔽自己的身份，他感觉实在太憋气，这回总算到了自己的地方。

1933年春，中共临时中央政治局总负责人博古和张闻天、陈云进入中央苏区，至此，临时中央全部由上海迁入红都瑞金。

人们越来越惊喜地注意到，在中央苏区到处可以看到一些陌生的面孔，从这些人刚毅的脸上可以看出他们是来自大城市、经过磨炼和博识广闻的人。这可是一群精英人物啊！

他们是经过三千里路，由中央秘密交通线的无名英雄们分三批护送上中央苏区的。

第一批是1930年冬至1931年1月，为巩固、壮大中央苏区和红军力量，党中央决定抽调了一批干部加强中央苏区的领导，共有100多人，其中留苏回国的有几十人。

第二批是1931年2月至1932年12月，主要是中央特科负责人顾顺章和中央总书记向忠发叛变后，中共在上海的党中央机关受到严重威胁。共产国际指示要把在白区工作的60%的干部送到中央苏区，既让白区干部脱离险境，又加强日益发展的中央苏区的干部力量。这一批共有200多人。

第三批是1933年1月至1934年10月，中共临时中央政治局由上海迁入中央革命根据地瑞金。这一批共有40多人。

此外，还有兵工厂、制弹厂、造布厂、印刷厂等多批技术工人在交通员的秘密护送下进入中央苏区。这些精英人物分布于党的机关、文化、经济、艺术各部门，使中央苏区迅速发展壮大。

博古到瑞金后，很快把中共临时中央政治局同中央苏区局合并，成立新的中共中央局，博古为总负责人，陈云任全总党团书记。毛泽东这时被排斥离开红军的领导岗位。

四、博古带来了"红军总顾问"李德

博古进入中央苏区后，不久，德国人、"红军总顾问"李德随后也进入中央苏区。

先说一下李德和博古的关系。

博古在苏联中山大学读书时，李德（时名为奥托·布劳恩）是伏龙芝军事学院的学生，学校都设在莫斯科，当时两人就认识了。

料不到，1931年的一个特殊的使命，让李德赴上海，又同博古相处一年，从此，中共历史尤其是中央苏区史就绕不开李德。

时任苏军总参谋部驻华情报负责人的佐尔格得悉共产国际中国联络站的牛兰夫妇被捕后，急电莫斯科，要求立即派专人送2万美元到上海，用于打通关节，完成营救。

苏军总参谋部马上采取行动。送款路线跨越西伯利亚后，要穿过中国东北。该地区被日本人控制，考虑到日本与德国关系不错，苏军总参谋部于是便决定派两名德国籍的共产党员执行这项使命。为了保险起见，每人各携带2万美元，分别走不同路线。两人都不知道还有另一人在完成与自己相同的任务。

最后，两人都把钱带到上海，交给了佐尔格。

两人都是具有10年党龄的德共党员。一个叫赫尔曼，另一个就是李德。

李德认为带款的差事有辱他这后来"红军总顾问"的身份，晚年写回忆文章一字不提，只含糊其辞而已。

但是，谁也料不到这个送款员后来竟当上"红军总顾问"这样"显赫"的职位。

原来共产国际曾多次派顾问到中国指导中国共产党，但都犯了错误，自从罗明那兹以后，驻中国的共产国际代表只列席中共中央政治局会议，不再享有决定权。共产国际再未派遣所谓"全权代表"来中国。

为什么突然会冒出一个送款员、未受过共产国际特别训练，甚至对东方革命没有一点粗浅了解的军事学院毕业生，在毕业当年就来到中国，担任所谓的"军事顾问"呢？

事情起因于博古身上。

当时，博古刚刚任中共临时中央政治局负责人。李德送款后便留在上海，他同尤尔特、李德三人之间，来往密切。

李德与远东局负责人尤尔特是老相识，在德国时两人就在一起做过党的工作。尤尔特在德共党内地位很高，但与德共领导人台尔曼意见不合，被共产国际调出德共，分配到中国工作。

这时，刚刚从共青团中央书记转任的中共最高领导人博古年仅 24 岁。他略懂白区工作，是以他极富口才，善于作充满激情的演讲，而受少共国际表扬，在王明极力举荐下上来的。而这时白区工作已经逐渐退居次要地位，中共的主要任务不再是组织示威游行和集会，也不再是发动城市武装暴动了，全国革命的重点是苏区的武装斗争。博古却可说是一点军事知识和武装斗争的经验都没有。如何领导这个以武装斗争为当前主要任务的中国共产党呢？因此，他看中了这位莫斯科的老朋友、伏龙芝军事学院毕业的李德。

这一年，李德 31 岁，博古 24 岁，相差 7 岁。

从 1932 年年初至 1933 年年初相处一年的密切交往中，博古对李德绝对信任。

很快，中共中央机关在上海无法待下去了，共产国际指示它必须搬往毛泽东、朱德等创立下来的中央苏区瑞金那儿去。

博古动身前，要李德同行。

但李德有他的考虑，他还没有一张让人信服的"护身符"，他让博古先走一步，他弄到"护身符"就随后到。

李德想他是苏军总参谋部的人，不是共产国际的人。所以当尤尔特代表远东局转达博古请他同往中央苏区任要职时，他提出一个条件，请共产国际执行委员会发出一个相应的指示。

事情并非李德想象的那么简单，他后来回忆说："尤尔特和博古因此向莫斯科发出了几封电报。"

隔了一段时间，直到博古离开上海前，才收到共产国际正式但含混的答复："奥托·布劳恩作为没有指示权力的顾问，受支配于中国共产党中央委员会。"①

虽然"没有指示权力"，但毕竟是"顾问"，是共产国际委任的。于是他还就拿着这张"护身符"，神采飞扬地踏上秘密交通线，上中央苏区了。

9月底的一天深夜，李德带着几百块美元和一个小手提箱登上了一艘英国游轮，晃晃悠悠地在海上漂流了几天之后，到达汕头，住进了汕头市崎碌的适宜楼。这是华南港口唯一的一家欧式旅馆。他同中共派来的地下交通员、翻译董健吾约定会面。

第二天到达韩江，交通员陈泮年已经在那里等候，董健吾就把护送任务交给了他。

陈泮年带着大埔青溪站两只小船到潮安码头迎接李德。李德换乘小船后，两只小船一前一后划向上游。李德躲在狭窄的船舱里。因李德不懂中国话，两只小船上的人员都预先约定了应付意外事故的手势和暗语，密切注视沿江两岸的动静。小船到达青溪站后，在那里见到了卓雄带领的十几个红军战士。傍晚9时许，他们来到永丰客栈。老板余良晋麻利地把李德引到阁楼藏了起来，十多名红军战士散开在四周。老板招呼了李德美美地吃了一顿客家菜。接着主人余伯到门外望了望动静，回身点了点头，这位高个子就在红军战士的簇拥下走出客栈，越过多宝坑、伯公凹、往闽西而来……

当李德见到眼前一身灰布制服、腰挎短枪、英姿飒爽的红军战士时，非常激动，高兴地道："好威武的红军同志啊！"

---

① 金一南：《苦难辉煌》，华艺出版社2008年版，第242页。

这是进入闽西永定的山间小道。当年这里杂树丛生，有野兽出没。李德他们在狭窄的田埂上穿行，走小路、绕村庄，准备进山。突然，前方传来啪啪清脆的枪声，原来是国民党军在"围剿"地方游击队。为安全起见，他们不得不折回原地，直到次日晚上，才顺利地通过村庄，绕开敌人的哨所，进了山。

山上没有路，密林中除了荆棘只有兽道。这下可苦了李德。李德扮成传教士的模样，脚蹬皮鞋，胸佩十字架，一袭黑袍夹衣。虽然他是苏联伏龙芝军事学院的高材生，蹲过大狱，有巷战的经验，但他走山路不行，走了一段路就蔫了，没了精神，跟跟跄跄。

上陡坡时，红军战士只得用一条客家人背小孩的布条，系在李德的身上，前面一个人拉，后面一个人推，把他送上山去。

为了趟出道路来，护送的队员胳膊、腿上都是道道伤痕。为了完成中央交给的任务，大家毫无怨言。见李德走路一瘸一拐，有名队员还专门折根树枝做成拐杖送给李德呢。

就这样，历时几天几夜，长驱数百里，在敌人眼皮底下，他们神不知鬼不觉地把李德护送到苏区上杭县才溪乡。在那里，他们与前来迎接的福建军区司令员兼政委谭震林会合。

李德顺利进入中央苏区，博古喜不胜收。

在苏区军事会议上，起初李德一再说明，他的职务只是一个顾问，没有下达指示的权力，但是博古不容他说下去。在介绍他的第一个欢迎会上，博古就为李德大做"推销广告"：

"同志们，我们在这里召开一个特别会议，热烈欢迎我们盼望已久的共产国际派驻我党中央的军事顾问，奥托·布劳恩同志"；"为了保密和顾问同志的安全，会后对他的称呼一律用中文的'李德'，不得泄露他的身份和原名"；"李德同志是位卓越的布尔什维克军事家，又是位具有丰富斗争经验的国际主义战士。他来到中国，体现了共产国际对我们党和红军以及中国革命的深切关怀与巨大支援，也体现了这位老革命家和军事家国际主义精神和献身世界革命的崇高感情"。①

博古进一步说明，李德以共产国际军事顾问列席中央及军委会议，参与党和红军各项方针决策的研究和制定，特别对军事战略、战役和战术，负有指导和监督的重任。

这样一来，博古、李德结成一体，毛泽东、朱德、周恩来几乎被架空了。这就酿造了中央苏区甚至中国革命的一杯苦酒。

---

① 金一南：《苦难辉煌》，华艺出版社 2008 年版，第 243 页。

第十五章　保卫红都

90 多年前的红色交通线，源头在中共中央所在地上海，终点是红都瑞金。这条交通线上最熠熠生辉的是中央苏区交通总站。

中央苏区交通总站是周恩来到中央苏区后建立起来的，之前只有闽西交通大站。那时周恩来发现设立在中共闽粤赣省委所在地汀州的闽西交通大站距离闽粤边界的永定太远，约 250 公里路，所以决定把闽西交通大站搬回永定县，改名为永定大站，对外用"工农通讯社第一分社"作掩护。他同时决定在瑞金成立"苏区交通总站"，对外叫"工农通讯总社"。总站的负责人由原在上海中央特科工作，后转移到中央苏区的杨友青负责。

当时的中央苏区，其实整个交通、保密工作主要由中央保卫局负责。中央苏区的交通保卫工作，有许多惊险传奇的故事。

一、邓发当"挑夫"

邓发到中央苏区后，起初任中共闽粤赣边特委书记，后特委改为省委，他就担任中共闽粤赣省委书记。

1931 年 11 月，中华苏维埃共和国临时中央政府成立后，将闽西工农银行与江西工农银行合并成立国家银行。

时任苏维埃共和国临时中央政府主席的毛泽东，对苏币的设计和发行十分重视，要求设法找人精心设计一套像样的苏维埃政权货币。会画画、写得一手好字、富有艺术天赋的黄光亚便被国家银行行长毛泽民选中。黄光亚是福建长汀人，早年留学日本，当时在闽西工农银行任职。毛泽民把他调到国家银行，负责设计纸币图案。黄光亚应命绘制39套货币及公债图案70张（格）。

当时，苏区正受到敌人严重破坏和严密封锁，缺少印制钞票的油墨、纸张等材料。

天无绝人之路！1932年4月，红军攻克福建漳州，银行工作人员想方设法从厦门购买到部分印刷材料，又从上海秘密买来绘图用的笔、圆规、油墨和铜板。黄光亚首先设计的主图为工农集会、镰刀、斧头、梭镖、红旗等图案组成的5分面额和辅备券。在设计2角和1元面额的纸质苏币时，他原想在纸币上绘制毛泽东像，被毛泽东拒绝了，改为列宁像。1角和5角币的图案均为传统的图案。货币设计后，由上海请来的一位雕刻老师雕刻在铜板上，送中央印制厂印制。

黄光亚图案设计好，也有油墨了，但万事俱备，只欠东风——印制纸币的专用纸。

于是毛泽东请项英、邓发商量，最后，经过上海、香港地下交通的努力，终于购置了一批专用纸，并通过货船，运到了大埔青溪。

如何穿越敌人严守的封锁线，把这些珍贵的专用纸顺利送达中央苏区？邓发决定自己上阵。

那晚，大埔青溪明月高悬，永丰客栈不远的晒谷埕上聚集了20多名"杨门女将"。她们身着黑色衣服，手拿扁担、麻绳，把刚从船上卸下来的一担担沉重的货担挑上肩膀，一个紧挨一个挑上山路，不一会儿就消失在夜幕之中。

这就是埔北运输队。队长叫李阿镰，二十七八岁，高挑身材，带领着队员饶阿亮、古阿八、邱阿莲、吴桂妹、陈阿伍、许耕妹、陈阿粟、余乃英、邱段英、唐阿峰、余群美、丘阿七、香英、茶英等队员。按上级指示，她们趁夜挑苏币专用纸，挑往邻近的桃坑。

夜深了，邓发一早从长汀来到桃坑等候，见队伍远远从岭垭过来了，心里无限高兴。

他带着永定苏区的运输队，把李阿镰她们的担子接过来，连声称赞道："你们妇女运输队好样的！"与李阿镰她们告别后，邓发也接过一担沉重的担子，健步走上山岗。

这些外层包上油布、里三层外三层包扎得严严实实的钞票纸，经埔北妇女运输队运送过来后，由闽西组织的运输队，在邓发的带领下，从桃坑出发，翻山越岭 500 多里，日夜兼程，不到 4 天就顺利地送到红都瑞金中华苏维埃国家银行。

毛泽民一见大汗淋漓的邓发亲自挑着担子，带着运输队把这急需的钞票纸送来了，感激地道："邓书记啊！你真不简单啊！"

邓发放下担子，摘下毛巾擦了擦汗水，道："大行长呀，我邓发当年就是香港的码头工人，挑担子是我的老本行呢。我们货送到了，你要如何犒劳我们啊？"

毛泽民递过一杯热茶，连声说："加菜加菜，四菜一汤！"

"哈哈哈，"邓发开怀大笑道，"这才差不多！"

…………

印钞纸到了，但原来的石印机不行，交通员又从香港购了一台英国产的小型印刷机。这印刷机既可印刷钞票，又可为日益发展的苏区印刷报纸、杂志等宣传品。

印刷机从香港用船运到大埔了。如何把这印刷机运往苏区呢？

邓发又决定自己出马。他又带着永定运输队的结实小伙子，来到桃坑等候。

这时，李阿镰又带着 20 多名埔北妇女运输队员，把那"铁家伙"五花大绑，找了两根又粗又长的竹竿，硬把它一路抬到桃坑。

邓发一见头发乱蓬蓬、满头大汗的李阿镰，便爽朗大笑道："啊哈，一帮都是'杨门女将'，你们没有男队员吗？这个大家伙，你们能抬来？"

李阿镰也哈哈大笑道："书记啊，我们那边国民党军把得严，男人不便出门，只能我们女将出场。你瞧不起我们妇女？"

邓发哈哈连声道："岂敢，岂敢！你们真是女中丈夫、巾帼英雄啊！"

说完，李阿镰她们又把这"铁家伙"重新加固一下，交给邓发，邓发指挥着永定运输队，把这沉甸甸的印刷机抬往红都瑞金去。

二、"一苏大"的假会场

1931年10月，上海党中央给苏区中央局发去一份绝密电报：党现在必须动员一切力量，准备第一次全国苏维埃工农兵代表大会的召开。须保证大会的安全，保卫措施应先行一步。

收到电报的第二天上午，苏区中央局代理书记毛泽东主持召开中央局会议，传达了中央电报精神，研究会务工作，拟将大会会场定在苏区中央局驻地瑞金叶坪谢家祠堂。

苏区中央局会议决定，11月1日至5日召开全苏区党员代表大会，中央苏区政府和军队的许多重要党员干部必须参加。11月7日至20日召开全国苏维埃工农兵代表大会，建立苏维埃共和国政权。参加这几个会议的代表除来自中央苏区外，还有来自于远离中央苏区的各小块苏区及白区，也有外国来宾。

国民党南京政府通过情报部门获悉共产党将成立苏维埃共和国后，如坐针毡。

蒋介石命令特务头子陈立夫、军政长官何应钦马上侦察共产党大会的时间、地点。一定要让这个新生的革命政权胎死腹中！

为了防止蒋介石集团的破坏，除做好严密的警戒工作外，毛泽东决定设立一个假会场，以混淆敌人视线。

整个大会筹备方案经政治保卫局上报后，毛泽东在方案上签下了"绝密"二字，并连夜召开苏区中央局会议，迅速落实。

会后，毛泽东又亲自召来已任中央保卫局局长的邓发，专门落实"假会场"。

毛泽东强调说："邓发同志，你到长汀去设一个假会场吧，来个真假包换，让蒋某人真假难分。这事一定要得到当地领导及群众的支持。"

邓发满有信心地道："毛书记，您放心吧！"

第二天，邓发就带着政治保卫局侦察科科长钱壮飞、政治保卫大队队长吴然赶往中共长汀县委所在地，找到县委书记李坚贞，向他传达了中央的决定；并告诉李坚贞："尽管会场是假的，但必须按真的会场布置，目的是要借长汀的宝地，唱一出空城计。这事在长汀县只能你一人知道，多一个也不行，必须绝对保密。"

长汀今貌

经过周密选择，最后确定假会场会址定在长汀城不远的南山坝。这里草坪宽阔，树木稀疏，从空中俯瞰很显眼，易被敌机发现。

李坚贞麻利地组织大家，很快把假会场布置好了。

这时，中央苏区境内突然多了许多生意人和讨饭、算命之类的闲散人员。听口音有的是外地人，有的是本地人。这一反常现象，引起邓发及政治保卫局的高度重视，于是马上召集会议，研究对策。会议作出决定：各个哨位以及赤卫队、少先队把守的检查哨卡，必须严密注意各种动向，没有当地苏维埃政府路条的不明身份者一律立即扣押，由苏区军民看管，不得放出苏区，以免走漏风声。

10月30日傍晚，政治保卫局对已做简单布置的谢家祠堂进行了严格的安全检查，命令会场周围警卫工作由吴烈大队长负责，20多名警卫人员持枪站岗放哨，检查进出会场人员的特制有效证件，闲杂人等一律不准进入或接近会场。政治保卫局政委海景洲带领30多名警卫人员，布控来往叶坪村的所有道路，检查来往人员路条，防止可疑人员进入村子。11月1日早上8时30分，参加苏区党代会的代表陆续来到谢家祠堂，每个参会人员都持特制的会议出入证，经警卫人员验证后，进入会场。毛泽东、朱德、项英、任弼时、王稼祥、顾作霖、邓发、彭德怀、叶剑英、林彪等苏区党代表在接受证件检查后，依次步入会场。

11月7日，叶坪广场上防伪装置已经撤除，露出空旷的草坪，一座木板搭成的平台掩映在古樟浓荫下。

此时，长汀县南山坝的假会场已经按照预先部署，四周插满了红旗，几百张条椅排列整齐，整个会场布置井然有序。

6时半，叶坪广场阅兵典礼开始。7时半，阅兵式结束。8时整，空中响起了防空警报。人群在红军战士的引导下，紧急有序地疏散。

十几分钟过后，一群敌机掠过叶坪上空，朝闽西长汀县城方向飞去。顿时，长汀县南山坝的"一苏大"假会场传出一阵阵轰炸声，假会场顿时陷入火海，霎时被夷为废墟。

三、项与年千里报警

中央苏区幅员辽阔，占据了闽粤赣数省的几乎大半的区域，让蒋介石骨鲠在喉。不扑灭这熊熊的革命火焰，蒋介石的江山就好像坐在火山之上。他先后发动对中央苏区的四次大规模军事"围剿"，都遭到失败。

1933年下半年，蒋介石自任总司令，调集50万军队，发动对中央苏区的第五次大规模"围剿"。军事上采取"堡垒主义"的逐步推进的新战术，分北路、南路、西路三面围攻中央苏区。9月下旬，他的主力北路军开始发动进攻，28日进占黎川。

这时，中央苏区红军主力已发展到8万多人，同国民党的兵力对比悬殊。尽管形势严峻，然而比起第三、第四次反"围剿"时，还是要好得多。如果红军能够采取正确的符合实际情况的战略战术，仍有可能打破这次"围剿"。但是非也！

正像《中国共产党历史》（第一卷）所指出的："9月底，共产国际军事顾问李德从上海来到瑞金。李德是一个外国革命者，来到中国是为了帮助中国人民的解放事业，但他完全不了解中国的实际情况，只是搬用苏联红军正规战争的经验，这就不能不给中国革命造成严重的损害。临时中央的主要领导人博古对李德十分信赖和支持。他们实际上成为这次反'围剿'的最高军事指挥者。他们废弃过去几次反'围剿'中行之有效的积极防御方针，而实行军事冒险主义的方针，主张'御敌于国门之外'，即要求红军在根据地以外战胜敌人。"[1]

这时候蒋介石又在密谋一个险恶的"铁桶计划"，妄图置中央红军于死地。

中央红军该怎么办？中央苏区该怎么办？在这万分危急的关头，党的秘密情报交通线送来的紧急情报，给瑞金带来生机。有两名广东籍的国民党将领，起到了关键作用。

…………

庐山，蒋介石的官邸。

1934年9月中旬，蒋介石在庐山召开了保密性很强的军事会议，与会者是各路部队的师长以上的主官和相关区域的专员、保安司令。在军事顾

---

[1]　中共中央党史研究室：《中国共产党历史》（第一卷），中共党史出版社2011年版，第378页。

问赛克特的策划下，蒋介石制定了一个"铁桶计划"，计划在一个月内前锋部队必须抵临瑞金。届时，将在四周再竖起每根30斤重结成的铁丝网、30层火力封锁线，并配合100辆军用卡车，快速运送拦截红军作战部队。但蒋介石万万料不到，他这绝密的致中央红军于死地的"铁桶计划"，却被参会的江西赣北第四行署专员兼保安司令莫雄透露给中共地下党情报交通人员。

莫雄是广东英德人，早年毕业于广东陆军讲武堂，曾是同盟会的一名中坚分子，北伐时任北伐军师长。他一贯崇尚孙中山三民主义，思想进步，北伐结束后在上海闲居，中共中央特科准备发展他为中共党员，但周恩来不同意，认为让他在党外更能发挥特殊的作用。1934年1月，莫雄应国民党第二路军总指挥薛岳之邀，到江西出任赣北第四行署专员兼保安司令。莫雄到任后，即向上海中共中央特科报告，党遂

莫　雄

派项与年、刘哑佛、卢志英等以袍泽名义来到莫雄身边司令部任职。庐山会议一结束，莫雄冒着杀头毁家之险，立即把事关重大的绝密情报交给地下党，党即派项与年星夜只身潜入中央苏区报警。

项与年，福建连城人，1925年加入中共组织，是闽西最早的党员之一。曾在上海中共中央特科工作，1934年受组织派遣至莫雄的江西赣北第四行政督察专署任情报科科员。这时，他接受了组织交给的把蒋介石"铁桶计划"火速带往中央苏区的重任。

他把数斤重的手抄本装在一个皮箱里，乘夜从德安出发，日夜兼程。进入赣南时敌人防守严密，他急中生智，捡起一块石头砸掉自己的门牙，血流如注。他用鲜血掺泥巴擦在脸上，化装成乞丐，才蒙混过关，好不容易来到瑞金。

这时周恩来住在瑞金的下肖村。

中央苏区交通总站接到满身是血、假装乞丐的项与年之后，原在中央特科的中央苏区总站站长杨友青把项与年扶到周恩来面前。项与年把装在乞丐篮里的秘密情报、地图交给周恩来。

周恩来见到情报和"铁桶计划"的所有地图标志本，大吃一惊。他马上找博古商量，博古一时也不知道如何是好。周恩来随即想起又一广东籍的国民党将领，他半个月前派密使找过周恩来。这时只有争取他跟红军合作，才有机会解脱灾难！博古一听周恩来的分析，深感有理，便让周恩来火速派人与这名广东军阀联络。

这名广东军阀便是陈济棠。陈济棠跟蒋介石早有结怨，与蒋明争暗夺。在第五次"围剿"中，陈济棠表面对蒋服从，派余汉谋第一军从粤北进赣南，另派独立一师驻闽西永定，明里摆出进攻红军的架势，暗地给红军弹药、物资，对红军示好。蒋介石略有所闻，便下令要他派6个师和火炮团进击会昌，攻杀筠门岭。陈济棠怕蒋介石乘隙进兵广东，便按兵不动，私下派心腹找红军第九军团团长罗炳辉谈判。罗炳辉便把密使带见周恩来。

周恩来甚喜。刚好这时碰到"铁桶计划"的险局，他即派潘汉年、何长工与陈济棠谈判，终于达成就地停战、互通情报、解除封锁、互相通商、互相借道等5条协议。协议签字后，陈部即撤离防线20公里，让红军通过。

四、毛泽东亲自秘密探路

放弃中央革命根据地，突破蒋介石欲置中央红军主力于死地的"铁桶计划"，已是摆在中共中央、中央局、中央军委领导人面前重中之重的大事。

这时，博古、李德等到广昌前线去，周恩来留在后方瑞金，负责中央日常事务。

周恩来想起了毛泽东，但博古强调不准将中央的突围决定告诉任何人。

中央红军长征首发地于都纪念馆

周恩来认为能否成功突破蒋介石的"铁桶计划",关键在于发挥毛泽东的作用。毛泽东这时已被排斥在党和红军的领导之外,只负责中央政府的工作,但他毕竟是党内外、军内外承认的英明的军事家,而且对赣南、闽西人熟地熟。

而毛泽东自从博古领导的第五次反"围剿"失利之后,已意识到打破敌人的"围剿"是不可能的了,只有长征转移这条路。他不能眼巴巴看着自己同朱德等一道创建的红军队伍全军覆没,在危难之中要尽最大的努力,帮助拯救这支百战中发展起来的队伍。这可是中国革命的生力军,希望之所在啊!

毛泽东心情焦急,向中央书记处要求到赣南省视察,得到了同意。九月中旬,他带着秘书、医生和警卫班抵达赣南省委、省苏维埃、省军区所在地于都。

此时,中共中央已着手准备西征到湘鄂西,同红二、红六军团会合,但没有向毛泽东透露。博古、李德曾想不带毛泽东走。以下是担任李德俄文翻译的伍修权的一段回忆:

最初他们还打算连毛泽东同志也不带走,当时已将他排斥出中央领导核心,被弄到于都去搞调查研究。后来,因为他是中华苏维埃主席,在军队中享有很高威望，才被允许一起长征。如果他当时也被留下，结果就难以预料了。①

　　毛泽东刚到于都，就接到周恩来的长途电话，要他着重了解于都方向的敌情和地形。他立即召开各种会议作调查，还找那些从敌占区或刚被敌军占领地区过来的商人和其他人员详细了解敌人的动向。9月20日，毛泽东急电报告周恩来："信丰河［下］游从上下湾滩起，红三江口、鸡笼潭、下湖圩，大田至新丰河东岸十里以内一线，时有敌小队过河来扰，但最近一星期内不见来了。"电报最后说："于都、登贤全境无赤色戒严，敌探容易出入。现正抓紧西、南两方各区建立日夜哨及肃反。此复。"② 这个电报让中央作出了中央红军从于都突围的决定，毛泽东起到了关键的探路作用。

　　连续紧张的工作和难以驱散的焦虑，使毛泽东病倒了，而且病得很重。高烧40度、嘴唇干裂、两眼深凹、脸颊烧得通红，卫生员给他服奎宁片、打奎宁针，高烧依然不退。警卫员吴吉清跑到省苏维埃打电话向瑞金报告，红军医院院长傅连暲得知后，连夜骑马到于都。毛泽东被确诊为恶性疟疾，经精心治疗和护理，才缓慢好转。

　　10月初，毛泽东接到中央"有特别任务"的秘密通知，要他立即回瑞金。毛泽东骑马赶到瑞金，先到中革军委向周恩来等报告了于都的情况。然后，周恩来便告诉他中央已作出放弃中央革命根据地、红军主力转移的决定。

　　10月10日晚，中共中央率领中央红军和中央机关人员8.6万人，从瑞金等地出发，被迫长征。

　　过了于都河后，张闻天的夫人刘英见了毛泽东，就道："哦，主席，原来您9月到于都是有特别任务的。"③

　　① 《伍修权回忆录》（之一），《中共党史资料》（第一辑），第176页。
　　② 中共中央文献研究室：《毛泽东传》，中央文献出版社1996年版，第329页。
　　③ 刘英：《难忘的三百六十九天》，《瞭望周刊》1986年第40期。

从 1931 年赣南会议到 1934 年 10 月中央红军长征开始，整整三年内，毛泽东的处境是十分艰难的。尽管他出任中华苏维埃政府主席，实际上一直身处逆境，遭受着连续不断的批判和不公正的对待。如果没有坚强的信念、开阔的胸襟、钢铁般的意志，是很难经受得住这种考验的。

而在十分艰难的处境中，毛泽东心还系着他同朱德等创立的 8 万中央红军，在危难中亲自到于都踏探长征出发的突破口，可见他的坚强意志、崇高的革命情操与作为一位伟大领袖的高度责任心。

五、忍痛别亲人

10 月初，大转移脚步声悄悄响起，中央才通知毛泽东。

在瑞金西江的一座古庙里，大病初愈的毛泽东披着一件秋衣，对 4 年多来从全国四面八方聚集而来的中央苏维埃政府的同志，心情沉痛地宣布了中央突围转移的决定。

大家听后，情绪激动，不知说什么才好。

年近半百、头发灰白、戴着深度近视眼镜的林伯渠老泪纵横，无限感伤地说："我是两年前千里迢迢来到苏区的，本想和同志们一道把中央苏区建设好，把苏区人民生活改善好，料不到却待不下去了，要走了。我深知，我们同苏区人民一起，同甘共苦，经受过一次次严峻的考验，他们支持我们，养育了我们，也依靠着我们。现在，我们要离开了，苏区人民一定会遭到白匪的血腥洗劫，会吃尽苦头的……"

讲到这儿，林老已泣不成声，大家大都跟着垂泪。

毛泽东泪眼晶莹，此时此刻，他还能说什么呢？中央苏区的创立，从无到有，从小到大，不知花费了他多少心血，整整 5 年多的时间。由于根据地的发展壮大，中央苏区成为中国革命的中心，吸引了从全国四面八方聚集而来的革命志士、精英。本来这里是星星之火，可以燎原，未来中华大地将是红彤彤一片。现下却落到这个局面，眼下非丢下这片红色土地和亲爱的苏区人民不可了！

毛泽东转头擦一下泪眼，沉痛地道："同志们，我们总会回来的，总有一天会回来报答苏区的父老乡亲的。这时说什么也没用，只有服从中央决定，转移！"

会后，林伯渠匆匆赶回家里，把组织的决定告诉了妻子范乐春。

曾任永定县苏维埃政府主席的范乐春，首先布设了从大埔到永定至瑞金的地下交通线。她 1929 年秋就到大埔找了蔡雨青、邹日祥设立了交通站，后来调到中央内务部优待红军工作局任局长。她工作吃苦耐劳，虚心好学，深得林伯渠的好感，两人相恋结为夫妻，9 月底刚生一男婴。林伯渠想，说走就走，刚分娩的妻子和婴儿，如何能顶得住这千里奔波？林老同妻子商量，决定把妻子留下来在根据地坚持斗争。

林老见妻子默默无语，内心愈加感到愧疚、痛苦，安慰了妻子一番。

这时，躺在妻子怀里的婴儿忽然哇的一声啼哭了。林老把他抱过来，哽咽道："孩子，不是爸爸不爱你呀，也不是爸爸不带你走，这是艰苦的斗争啊！这是白匪的罪恶啊！不然，爸爸怎么舍得离开你们呢？你可是爸爸的亲骨肉啊！"

范乐春擦了擦噙满泪水的眼睛，从丈夫手中接过孩子，刚强地说："老林，你只管放心走吧，自己要保重，孩子就交给我吧。万一我牺牲了，希望你能把我们的孩子抚养成人。"

范乐春与丈夫分别后，与邓子恢、张鼎丞一起，坚持在闽西革命根据地开展艰苦卓绝的游击战争。因环境恶劣，她只得把婴儿寄养在赣南乡下一位堂姐家，同时送去的还有邓子恢的爱人牺牲后留下的孩子。因这堂姐家穷养不起，又把两个孩子送人了。

范乐春因斗争残酷，饥寒交迫，一病不起，最后撒手人寰。直到 1949 年后，经政府多方寻找，林伯渠与邓子恢留在赣南的亲骨肉才回到父亲身边。

毛泽东也面临骨肉分离的考验。

此时妻子贺子珍又怀身孕,她被批准同毛泽东转移。但她身边有一个只有周岁的小女儿毛毛。她接到毛泽东从于都捎来的信,为了路上安全起见,要她想法把毛毛留下来,安置好。贺子珍见信,顿时心如刀割、泪流满面。

贺子珍想到此去一定是千难万险,带着毛毛真的不便。她只好强忍骨肉分离的痛苦,遵照毛泽东之嘱,将孩子托付给傅连暲的妻子刘赐福抚养。

刘赐福是汀州人,自己已有3个孩子。她遵约迎着晨曦来接毛毛。贺子珍一见刘赐福,眼泪夺眶而出,哽咽道:"赐福姐,拜托你了,以后毛毛就是你的孩子……"

贺子珍回家简单收拾了行李,扎紧武装带,背上盒子枪,健步赶往村口谷埠集结地。见到毛泽东,她噙着泪水说:"润之,按你所嘱,毛毛已交赐福姐了。临别,孩子不肯走,哭着要见爸爸……"

说到这里,贺子珍的泪珠啪嗒掉了下来。

毛泽东此时也心痛万分,但他坚强地望了望远处的瑞金,忍痛安慰她道:"子珍,毛毛交赐福,我们是放心的。再说她叔叔泽覃、婶子贺怡都留下来,以后也会关照的,我已交代了他们了。我们放心走吧!"

中央红军长征出发纪念碑

1935 年年初，毛毛被留在苏区打游击的毛泽覃接回，又秘密安排在瑞金一户老表家抚养。同年 4 月，毛泽覃在瑞金山区英勇牺牲，她爱人贺怡在中华人民共和国成立初期的一次车祸中不幸遇难。毛毛也就一直下落不明。

却说长征时，毛泽东和贺子珍同张闻天、王稼祥被安排随第二野战纵队，即"红章队"行动，16 日，他们按中革军委命令来到了于都河边集结。

那天，正是夕阳西下的时候，夜幕将临，于都苏区人民饱含泪水，不约而同地来到河边相送，送别与他们生死与共、殊死奋战、保卫他们、给他们带来幸福生活，同他们结下深厚鱼水深情的红军亲人。

在中华大地咏唱了数十年的《十送红军》，正是当年情景的生动写照：

> 一送里格红军介支个下了山
>
> 秋风里格绵绵介支个秋风寒
>
> 树树里格梧桐叶落尽
>
> ......
>
> 问一声亲人红军啊
>
> 几时里格人马介支个再回山
>
> ......
>
> 七送里格红军介支个五斗江
>
> 江上里格船儿介支个穿梭忙
>
> 千军万马介支个江畔站
>
> 十万百姓泪汪汪
>
> 恩情似海不能忘红军啊
>
> 革命成功介支个早回乡
>
> ......
>
> 九送红军上大道
>
> ......

心像里格黄莲脸在笑

血肉之情怎能忘红军啊

盼望里格早归介支个传捷报

……

十送里格红军介支个望月亭

望月里格亭上介支个搭高台

……

朝也盼晚也想红军啊

这台里格名叫介支个望红台

毛泽东、贺子珍、张闻天、王稼祥等，望着成千上万送别的苏区父老乡亲，心如刀绞，鼻子发酸，热泪奔涌。

咽咽呜呜的于都河啊，你为什么也在哭泣？你也不忍心亲人红军远走他乡吗？你也在伤心地垂泪吗？

毛泽东站在岸边，挥挥手，泪眼模糊，心里暗暗道："放心吧，父老乡亲，我们一定会回来的！"

六、迈步从头越

脱离湘江险境之后，毛泽东一路同王稼祥、张闻天一起分析第五次反"围剿"的军事指挥错误，取得了共识。

本来，张闻天、王稼祥对博古、李德到中央苏区后一连串的独断专行、不顾客观实际瞎指挥、让红军屡屡吃败仗的行为，早有成见。特别是第五次反"围剿"的失败和这次长征首仗湘江之役的惨败，使他们更感到毛泽东领导的前数次反"围剿"胜利的可贵，更感到红军队伍非让毛泽东回来指挥不可！

1935 年 1 月 2 日至 6 日，中央红军全部渡过乌江，向以遵义为中心的

遵义会议旧址内景

黔北地区挺进。

　　遵义，北倚娄山，南临乌江，是黔北重镇。1月7日，红军解放了遵义，毛泽东同周恩来、朱德等随军委纵队于9日下午进入遵义城。

　　经过长征路上的酝酿，大部分干部已形成共识，大家更加坚定了拥护毛泽东的决心。

　　于是，趁部队在遵义休整之机，毛泽东、王稼祥等便向中共中央提出，立即召开政治局扩大会议。

　　1月15日至17日，在遵义城召开中共中央政治局扩大会议。出席会议的政治局委员有毛泽东、张闻天、周恩来、朱德、陈云、博古，政治局候补委员有王稼祥、刘少奇、邓发、凯丰，红军总部和各军团负责人有刘伯承、李富春、林彪、聂荣臻、彭德怀、杨尚昆、李卓然，还有中央秘书长邓小平。军事顾问李德及翻译伍修权也列席会议。

　　会议由博古主持。他作了关于第五次反"围剿"的总结报告，对军事指挥上的错误作了一些检讨，但主要还是强调种种客观原因。周恩来作副报告，提出第五次反"围剿"失利主要原因是军事领导的错误，并主动承担了责任。随后，张闻天代表他和毛泽东、王稼祥作联合发言，指出：导致第五次反"围剿"失败和大转移严重损失的原因，主要是军事上的单纯防御路线，表现为进攻时的冒险主义，防御时的保守主义，突围时的逃跑主义。^①他还以前几次反"围剿"的事实，批驳了博古用敌强我弱等客观原因来为第五次反"围剿"失败作辩护的借口。同时，他比较系统地阐述了适合中国革命战争特点的战略战术和今后军事行动的方向。毛泽东接着作了长篇发言，对博古、李德在军事指挥的错误进行了切中要害的分析和批评，并阐述了中国革命战争的战略战术问题和此后在军事上应该采取的方针。周恩来、朱德、刘少奇等多数与会同志相继发言，不同意博古的总结报告，同意毛泽东、张闻天、王稼祥的主张和意见。

会议最后作出决定：（1）毛泽东同志选为常委。（2）指定洛甫同志起草决议，委托常委审查后，发到支部讨论。（3）常委中再进行适当的分工。（四）取消三人团，仍由最高军事首长朱、周为军事指挥者，而恩来同志是党内委托的对于军事上下最后决心的负责者。^②

遵义会议后不久，在常委中重新进行分工，由张闻天替博古负总责；以毛泽东为周恩来在军事指挥上的帮助者。

遵义会议结束了王明"左"倾教条主义在中央长达四年之久的统治，是党的历史上一个生死攸关的转折点，遵义会议事实上确立了毛泽东在党中央和红军中的领导地位，"走自己的路"，从而挽救了党，挽救了红军。

红军在2月20日前后第二次渡过赤水河，回师黔北，再次夺取遵义。

一天黎明时分，毛泽东诗兴又涌上心头，他披着大衣，迎着朝霞，思绪万千。过去的岁月，让他刻骨铭心。而今迷雾已被拨开，坚冰已被击碎，他又受到党和红军指战员们的重托，重新负起重任。他知道征途还有重重险阻，但他满怀信心，迈步向前，向前！

太阳升上蔚蓝的天空，毛泽东和部队开赴娄山关。他极目远眺，不禁激情奔涌，随即吟成《忆秦娥·娄山关》：

---

① 周恩来：《党的历史教训》（1972年6月），《遵义会议文献》，人民出版社1985年版，第67页。

② 陈云：《遵义政治局扩大会议传达提纲》（1935年2月或3月），《遵义会议文献》，人民出版社1985年版，第42页。

西风烈，长空雁叫霜晨月。霜晨月，马蹄声碎，喇叭声咽。　雄关漫道真如铁，而今迈步从头越。从头越，苍山如海，残阳如血。

"好词，好词，好一阕《忆秦娥》哟！"毛泽东身后出现了挂着拐杖的周恩来。

毛泽东见了周恩来，关切地问道："恩来，身体好些吗？"周恩来感激道："闹了两天肚子痛，好些了。"

在湘江战役中，周恩来一直坚守在湘江东岸的渡口，指挥部队抢渡。他焦急地询问毛泽东过江没有。当他看到毛泽东大步走来时，立即迎上去，请他迅速渡江。毛泽东说："咱们一起过江吧。"

周恩来说："主席，你先过去，后面我还要交代任务。"

遵义会议是毛泽东同王稼祥商量后提出来的，并得到张闻天、周恩来、朱德支持而召开的。聂荣臻后来回忆说："周恩来、王稼祥同志他们两人的态度对开好遵义会议起了关键作用。"①

遵义会议的成功召开，确立了毛泽东在全党全军的领导地位。从此，在毛泽东的正确领导下，中央红军节节胜利。遵义会议得以成功召开，毛泽东更感到周恩来的人格魅力，周恩来也更加认识到毛泽东的领导核心作用，于是他们两人从此更加紧密地走在一起，并肩奋战。

毛泽东站在巍峨的娄山关山顶，披着金光灿烂的朝霞，望着远处连绵起伏的山峦，深情道："恩来，我们而今迈步从头越吧！"

---

① 《聂荣臻回忆录》，战士出版社 1983 年版，第 240 页。

后 记

　　岁月悠悠，转眼已年过花甲了。人生之路不堪回首。这辈子没有什么值得炫耀的地方，聊以自慰的是告老还乡了，自己数十年创作出来的十多部红色纪实文学作品，就好像自己用心血汗水浇注绽放的一朵朵小花一样，还有人会喜欢它们。

　　《千里血脉》这部书，也是浇注自己近十年心血的小小花朵。

　　我为什么会写这部书呢？说起来，还是八九年前的事。

　　我从20多岁就踏进中共党史研究的门，一直恋恋不舍，寸步不离，直至退休回家。广东这块红色土地，有多少让人眼睛发亮的东西，像许多党史学者一样，自己是深知的。从粤东进省城后，便应一个有气魄的出版社之约，3个月写出了《广东人是天下的眼》这部讲述地域文化的书，一口气写出了38个广东历史名人。而后又主编了一部描述80多名中共政要人物的《中共名人在广东》一书。而中共广东党史事件呢？我看好广州起义、香港文化人大营救、中央秘密交通线……八九年前，我便受省委宣传部之托写下了纪实文学《大营救》，在上海、深圳、香港等国内诸多报刊网络连载，还被说书人在《有声中国》等全国近十个有声网络连续七八年天天播讲，可谓出尽了风头，有时也不禁沾沾自喜……

　　《大营救》出版后，离退休还有两三年时间，本人趁着还有精力，就看准中央秘密交通线这个题材，在单位领导的支持下，背起行囊，沿着当年中央秘密交通线这条漫长而崎岖的路，从广州到上海、香港、汕头、潮州、大埔、永定、龙岩、长汀、瑞金，历3000多公里进行艰辛的采访、收集史料和现场感受。当然20世纪30年代行走这条交通线，不是徒步跋涉就是坐那胆汁都要呕吐出来的剧烈颠簸的客轮。90年代的重访者，有时登上飞机，一眨眼就数千里；有时坐上小车，飞驰在舒适的高速公路上，当然也难免踩着杂草、荆棘丛生的小径，寻找被人遗忘冷落多年的遗址。采访虽辛苦，比起当年的勇士，还是轻松得多了。自己还到北京国家档案馆、中共中央文献研究室、中共党史研究室查阅了许多鲜为人知的档案资料。本想趁热打铁，一口气把书写下来，然而退休通知准时无误地发来了，只得清退回家。这滚烫的心便被冷却下来了。阴差阳错，数月后，省委宣传部知道我在研究中央秘密交通线这个专题，要我撰写成10集文献艺术片脚本。我应约经1年多的研究创作，终于完稿付拍。

去年午暖还寒时节，忽接省作协、广东人民出版社要我参与《红色广东丛书》写作之邀。我颇惊喜，并报上准备写的这部书；获批，又喜。之后，我再度梳理原来收集的成堆资料，并从书店、网络购置新增了上百部有关书籍参阅，眼睛看花了、看痛了，案头备上3种不同眼药水，红的绿的，轮换着滴。"新冠"横行，被迫宅居。经过半年的伏案疾书、修正、润色，并吸纳出版社初审的宝贵意见，三易其稿，终成此拙著。

红色纪实文学，鄙人摸索了半辈子，从《春晖赋——革命母亲李梨英》《忠魂——抗日烈士周礼平》《沧海英雄——战斗英雄麦贤得》《大营救》《火种》到这本《千里血脉》，我觉得有三难：首先是史实的真实性、准确性的把握。红色题材准确说是来自发生在中华人民共和国成立前的中共史，都是70年前的事，尽管不少有案可稽，但一些细节甚至大节都各有其说，有的当事人的回忆也前后不同，就是正式出版物也无法统一，只有让作者自己在众说纷纭中去辨别，此乃一难。其次是纪实文学，就是源于生活高于生活，就离不开对事物、人物、环境的生动而细致的描写。而这些细描能否符合当年的生活实际？能否再现或接近当年的原貌？这是二难。再次是作者的素质、思想水平与历史人物的素质、情操总有距离，作品要达到高质量，尤其是高要求的政治、文学品位，真正成为后人的精神食粮，作者非在人生观、世界观上磨砺一番不可。不然就难以缩小作者与作品中塑造的革命志士高贵品质的距离，作品就难成上品。此为三难。总之，一部红色作品出炉，如果印上千百册，应付一下政治时需，一阵风后，就烟消云散，那就太没意思了，不如不写！

我这本书，力争写成上品，是否达到，只有让读者评定。但我可以负责任地说，我的创作是认真的、几乎竭尽其能的。希望能像我别的书一样，出版后让读者喜欢，印上万册，一版再版。

最后，感谢广东省委宣传部、广东省作协、广东人民出版社给我这次创作的机会，并感谢毛泽东、周恩来、吴德峰、饶卫华、李沛群、卢伟良等革命前辈的亲属和后代，以及接待我采访的北京、上海、广东、汕头、梅州、潮州、大埔、永定、龙岩、瑞金等地有关宣传党史部门的大力支持和热情帮助。

落红不是无情物，化作春泥更护花。本人已是两鬓染霜的老人了，但愿以自己的心血浇灌绽放的红色文学的小花，在祖国茂盛的文学百花园中添上一点红，为读者诸君，尤其青少年所喜爱，本人便感万幸了。

王国梁

2020 年 12 月于羊城清风阁

参考文献

1. 罗绍达等：《中共党史人物传》(第六卷《蔡和森》)，陕西人民出版社 1982 年版。

2. 中共中央文献研究室编：《周恩来年谱》，中央文献出版社 1989 年版。

3. 柴夫编：《中统头子徐恩曾》，中国文史出版社 1989 年版。

4. 《江苏文史资料》编辑部：《中统特工秘录》，1991 年。

5. 广东省政协、广州市政协、英德县政协文史资料研究委员会编：《莫雄回忆录》，广东人民出版社 1991 年版。

6. 毛毛：《我的父亲邓小平》，中央文献出版社 1993 年版。

7. 王辅一：《项英传》，中共党史出版社 1995 年版。

8. 中共中央文献研究室编：《毛泽东传》，中央文献出版社 1996 年版。

9. 中共中央文献研究室编：《周恩来传》，中央文献出版社 1998 年版。

10. 中共汕头市委党史研究室、中共潮州市委党史研究室、揭阳市委史志办公室编：《中共潮汕地方史》，中共党史出版社 1998 年版。

11. 中共广东省委党史研究室：《中国共产党广东地方史》(第一卷)，广东人民出版社 1999 年版。

12. 中共饶平县委党史研究室、中共饶平县海山镇委员会编：《长征干部李沛群纪念文集》，内部资料，2004 年。

13. 中共上海市委党史研究室：《1921—1933：中共中央在上海》，中共党史出版社 2006 年版。

14. 姚金果、陈胜华编著：《共产国际与朱毛红军（1927—1934）》，中央文献出版社 2006 年版。

15. 吴葆朴、李志英：《秦邦宪（博古）传》，中共党史出版社 2007 年版。

16. 中共大埔县委党史研究室：《中国共产党大埔县地方史》(第一卷)，中共党史出版社 2007 年版。

17. 中共广东省委党史研究室、中共汕头市委党史研究室编:《红色交通线》,粤内登字 D10299 号,2009 年。

18. 陈其明:《中央苏区珍闻录》,中国文史出版社 2009 年版。

19. 李元健、柯兆星:《苏维埃血脉——上海至中央苏区秘密交通线纪实》,中国文史出版社 2010 年版。

20. 中共中央党史研究室:《中国共产党历史》(第一卷),中共党史出版社 2011 年版。

21. 刘晓农:《中央苏区史话》,江西人民出版社 2011 年版。

22. 中共上海市委党史研究室、上海市文物局编:《中国共产党早期在上海史迹》,同济大学出版社 2013 年版。

23. 中共中央文献研究室编:《任弼时传》,中央文献出版社 2014 年版。

24. 中共中央文献研究室编:《陈云传》,中央文献出版社 2015 年版。

25.《陈毅传》编写组编:《陈毅传》,当代中国出版社 2015 年版。

26. 中共福建省委党史研究室、中共龙岩市委党史研究室、龙岩市原闽粤赣边老同志联谊会编:《中央红色交通线研究》,中共党史出版社 2015 年版。

27.《国家人文历史》2015 年第 11 期。

28. 刘瑞瑾:《秘密交通站》,中国长安出版社、花城出版社 2015 年版。

29. 中共湖北省委党史研究室:《吴德峰传》,中共党史出版社 2018 年版。

30. 杨世保、王吉胜编著:《中国共产党保密工作史（1921—1949）》,金城出版社 2018 年版。

31. 穆欣:《隐蔽战线统帅周恩来》,中共党史出版社 2018 年版。

32. 沈沧源:《大埔红色交通线》,作家出版社 2019 年版。